Cães noturnos

LARANJA ● ORIGINAL

Cães noturnos

Ivan Nery Cardoso

**Prefácio
Nelson de Oliveira**

1ª Edição, 2023 · São Paulo

Sumário

7   Prefácio

PARTE I
15   Hosana nas alturas
19   O sexo dos anjos
23   Sementes
27   A conta
29   Cães noturnos
35   Natureza morta
39   Dantino
45   Sentimento oceânico
53   Pompeia
63   Em busca da flor elétrica

PARTE II
71   Bons sonhos
77   Blogueirinha
81   Bicho
85   O último degrau
89   O pote
93   Noite dos loucos
99   No Grand Hotel Artémis
103   Túnel para a China
105   O piano
113   Não se anime muito

121   Agradecimentos

Harmonia da sublime desarmonia

**Prefácio
Nelson de Oliveira**

Não sei exatamente em que momento aconteceu, mas ao receber o convite insólito — talvez de Murilo Rubião, talvez de José. J. Veiga ou de um xamã mais jovem —, Ivan embarcou sem hesitar na tradição da ficção fantástica brasileira. É uma tradição forte. Ameaçadora. Seu combustível sempre foi a energia sinistra produzida por bilhões de neurônios nas regiões mais antigas de nosso cérebro primata. Energia escura. Irracional. De nossos medos mais profundos é que a ficção fantástica se alimenta. Não exatamente dos medos provocados pela faceta demoníaca do mundo — fantasmas, vampiros, criaturas da noite —, típicos da ficção sobrenatural. (Desses também, um pouco.) Mas principalmente dos medos de tudo o que ameaça os frágeis alicerces da razão cartesiana.

Pavor de que o mundo e a vida não façam sentido. De que a irrealidade cotidiana não seja coerente. De que seja apenas uma longa piada de muito mau gosto. Humor infame. Pegadinha humilhante de programa de auditório ruim. Pesadelo delirante. Loucura.

Ivan Nery Cardoso embarcou sem hesitar nessa onda aloprada e aqui está ele, em seu espantoso livro de estreia, apavorando os leitores com uns lampejos de insana sanidade. Oferecendo sombras e labirintos. Situações instáveis. Ora arrepiantes ora brincalhonas.

Mesmo sem saber, os personagens desta coletânea estão constantemente ecoando Calderón de la Barca: "Que é a vida? Um frenesi. Que é a vida? Uma ilusão, uma sombra, uma ficção. O maior bem é tristonho, porque toda a vida é sonho e os sonhos, sonhos são." E Shakespeare: "A vida é uma história. Contada por um idiota. Cheia de som e fúria. Sem sentido algum."

A certa altura desta primeira coletânea do famigerado Ivan o Terrível, um personagem-narrador (ele ou ela?) comenta com um interlocutor silencioso: "Acredito em bastante coisa desde que faça algum sentido." Para logo mergulhar na irrealidade de seu mundo e de suas crenças de sentido volátil, nos arrastando atrás de si.

Outra surpresa traiçoeira: ao contrário de seus enredos tensos e ásperos, a escrita de Ivan é suave e envolvente, sem arestas. Seja em primeira ou em terceira pessoa, seus narradores são sempre bastante sedutores, enfim, são entidades ficcionais que dominam a arte do hipnotismo.

O autor desses breves encantamentos sabe sintetizar, em seu laboratório excêntrico, estruturado com a mesma imaterial matéria de que são tecidos os desejos, personagens e situações igualmente excêntricas.

Preparem-se, querida leitora, querido leitor, para apreciarem um esconde-esconde incomum em torno de um bicho incomum, memórias de traumas gosmentos e esverdeados, sexo selvagem nos sonhos mais picantes, uns robôs sexuais e uma colônia em Marte, crianças perversas (sacaninhas mesmo), uma matilha insidiosa, maçãs douradas e anjos libertinos, um genuíno artista da extinção, a metástase social embaixo do viaduto, um pote com atributos peculiares, loucos uivando para a lua cheia, uma festa de arromba num luxuoso e perigoso hotel, uma fila imensa pra decidir algo muito importante (ou sem importância alguma)... coisas assim.

Ostranenie é o nome do espírito fantástico, da sublime desarmonia que atravessa e dá forma a essas narrativas. *Ostranenie*: palavrinha sub-reptícia, cujos tentáculos transformam em arte tudo o que tocam. Ao menos era nisso que acreditavam Viktor Chklovski e os formalistas russos. O famigerado *estranhamento*, pra essa galera do começo do século vinte, é o efeito esteticamente calculado que separa as obras de arte das demais criações do intelecto humano.

Resumindo: onde não há *estranhamento* não há arte. É a esse chamado em chamas que responde toda a tradição da ficção fantástica, de Nikolai Gogol e Franz Kafka até nós, passando por Jorge Luis Borges, Julio Cortázar, Jamil Snege, Lygia Bojunga e muitos outros. E agora Ivan Nery Cardoso.

Parte I

Não se trata de pensar que *existe* uma tangerina, e sim de esquecer que *não* existe. Apenas isso.

HARUKI MURAKAMI

HOSANA NAS ALTURAS

E aí, qual vai ser? Ela está esperando. Está te olhando com impaciência, já. Ou será suspeita? Talvez esteja contando os segundos que você leva aí, pensando na resposta. Quem, raios, demora tanto tempo para responder? Vai, escolhe logo: céu, inferno ou purgatório?

Eu sei, eu sei. Você não tinha como prever que a escolha seria sua, no final. É exatamente o oposto do que te ensinaram e que você ensinou a vida toda, não é? Desde a primeira infância, isso foi martelado na sua cabeça pelo falatório da avó — a que te ensinou a rezar, não a que era cega de um olho e fumava charutos. Dizia que as pessoas boas (que nem ela) iam para o céu, e que as pessoas más (que nem a outra avó) iam para o inferno. E o que era o céu, senão um lugar feito de beleza, serenidade e alegria? Já o inferno, uma cratera de torturas, fedor e sofrimento. Ninguém nem falava em purgatório. Se naquela época tivessem te dado a possibilidade, qual você escolheria: céu, inferno ou purgatório? Mas é óbvia a resposta. Naquele tempo o mundo era simples, e ir para o céu era fácil, bastava tirar boas notas e ir à catequese. Você odiava a catequese, se pudesse não iria. Mas odiava ainda mais a ideia de ir para o inferno. Não existia purgatório naquela época. Não para você, pelo menos. Lembra quando você entrou naquela cabine, e a voz do padre te mandou confessar? Quais seriam os pecados de uma criança daquela idade? Fala pra mim, ninguém mais está escutando. Só eu, você e Jesus Cristo, aquele homem santo sangrando na cruz, aquela estátua em tamanho real te olhando com os olhos verdes, a barba aparada marcando o maxilar forte, os músculos torneados, os cabelos hidratados, aquele homem seminu, a tanguinha só fingindo que cobre algo, Jesus! Vai, me diz, quais foram os seus pecados, meu filho? Lembra o que o padre te mandou fazer para pagar esses pecados? E aí, pagou? Então escolhe: céu, inferno ou purgatório?

Ih, olha aí, a moça suspirou de tédio. Ela sabe que você está enrolando. Não, não olha para trás! Por que olhou para trás? Agora até o pessoal na fila sabe que você está enrolando, travando a passagem deles. Não. Para! Foca na pergunta. Está procurando o quê, aí? Te juro que não vai reconhecer ninguém. Quanta gente vem parar aqui todo minuto? Com três guerras rolando no mundo, sabe-se lá quantas epidemias, você acha que vai reconhecer quem? Dona Glória? Ela ainda não veio, não. Vaso ruim não quebra. Não tem ninguém que te conheça aqui. Tem ninguém vendo. Só você, eu e a moça que tem mais o que fazer do que ficar esperando você decidir. Ai, meu Senhor! Isso, mordisca a caneta, todo mundo vai adorar isso. A moça bateu no vidro, vê se presta atenção. Ela diz: céu, inferno ou purgatório?

Isso, leva a caneta pro papel. É só marcar um "x" na caixinha. A caixinha que representa o destino que você merece. Isso, vai, só um "x". Iii... Tem certeza? Essa aí? Não me olha com essa cara! Se fosse para escolher esse, não teria passado a vida toda se privando, não tinha seguido a carreira de padre, jogando a culpa nos outros para ver se te aliviava. O que te fez desistir, hein? Sair de cena mais cedo? Vida mansa, bem-visto na comunidade, figura de autoridade, recebendo presentes, distribuindo penitências, sabendo das fofocas do bairro todo. Foi a culpa? Se dependesse da imagem que tinham de você, Dona Glória teria ido para o inferno duas vezes, por você e por ela. Iam perguntar: céu, inferno ou purgatório? E você já responderia: pros infernos! É mais fácil quando a gente escolhe pelos outros, não é? Foi a culpa, certeza.

Será que ela sabe? Ora, quem? A moça que ainda está esperando sua resposta! Será que ela sabe como você e Dona Glória rezavam? Hein? Como davam glórias ao Senhor? Hum? Será que Ele sabe? Ah, mas Ele sabe. Se dependesse Dele, seria céu, inferno ou purgatório?

Afinal, o segredo era dos três, não é mesmo? A ideia foi dela, o pinto de borracha também. Mas sem a sua ajuda, Jesus ainda estaria pendurado em cima do altar, a porta da igreja não teria sido trancada. Aquela expressão benevolente Dele quando vocês três terminaram a brincadeirinha em cima da estátua, só podia ser de agradecimento. Não sinta culpa. Vocês, de certa forma, comungaram sobre a carne Dele. Uma representação, claro. Mas o que são a hóstia e o vinho, também, se não representação? Relaxa esses ombros. Ele deve estar te esperando para um repeteco. Dessa vez em carne e osso, em vez de gesso e madeira — com o Espírito Santo no lugar de Dona Glória. Se o Pai se juntar, então! Santa Trindade! Imagina o tanto de vinho que eles vão materializar para fingir que é só efeito da bebida. Glória e amém! Todo mundo junto, em perfeita comunhão, amando uns aos outros como Ele te amou. Hosana nas alturas! Ele deve estar lá, a tanguinha querendo escorregar, a barba aparada, os músculos brilhando no sol, sem aquela cruz nas costas para atrapalhar. Soltinho, soltinho. Só esperando por você. Jesus!

E aí, qual vai ser? A mulher está te perguntando de novo. Última chance: céu, inferno ou purgatório?

O SEXO DOS ANJOS

Eu ainda podia aproveitar as luzes bruxuleantes e o efeito das maçãs douradas para me esconder pelos cantos do palácio e tentar achar a saída, mas se não me apressasse, aquilo custaria caro. Entrar tinha sido fácil, roubar algumas maçãs douradas da cozinha também. Agora, sair? Que caralho! Aquele lugar era um labirinto de corredores, quartos, banheiros, cozinhas, mais corredores, mais quartos, mais banheiros, todos eles cheios de anjos fodendo ou se revezando para dar uma mordida numa maçã antes de começarem a tirar as roupas e transar. Por enquanto, eles estavam distraídos e pacíficos, mas uma hora a orgia ia acabar, e eu seria descoberto ali. Precisava me apressar.

Digo me apressar invocando a linearidade do tempo, a nossa (a minha, a dela) única forma de perceber o tempo. Da mesma forma que só enxergamos por meio da luz, dos ínfimos comprimentos de onda do espectro eletromagnético que nossos olhos captam: as cores, do vermelho ao violeta. Nada acima, nada abaixo. Escuridão. Para os anjos, claro, o tempo é uma coisa completamente diferente. Como se enxergassem raios-x e ondas de rádio. Para eles, o tempo é Moebius, uma pessoa, um ser, um anjo como eles, e que também estava no meio da orgia.

Pode acreditar, vi com meus próprios olhos Moebius gritando ao atingir mais um orgasmo na boca de Gaia, enquanto Gabriel e Lúcifer em pessoa faziam coisas inimagináveis com seus mamilos. Anael parecia estar se divertindo no canto com o arcanjo Miguel, mas não tive certeza, pois no mesmo instante Azaziel passou cambaleando do meu lado, e quase fui descoberto. Minha sorte era que estavam todos distraídos demais com a fodelança paradisíaca e os efeitos das maçãs douradas para pensar no antes, no depois, no entrelaçamento quântico e no humaninho se esgueirando pelos corredores com uma sacola cheia de maçãs roubadas, vestindo uma fantasia de anjo sem auréola. Erro de principiante, eu sei. Por isso mesmo eu precisava me apressar.

Corri, virei esquinas, abri portas, subi escadas, desci escadas e nada de encontrar uma saída. Sempre havia mais um corredor, mais uma porta, mais um quarto, mais uma cozinha, mais uma cama, mais um banheiro, mais um emaranhado de peles, penas, garras, genitais e cuspe. Tinha muito cuspe rolando, mais do que eu esperava ou até gostaria de ver. Um entra-e-sai, uma esfregação, lambida para cá, lambida para lá, mão para tudo que é lado, corpo, pele, aura, testículo e cu. Eu mesmo, em certo momento, me senti tentado a tirar uma casquinha. Foi na hora em que Hadriel levantou a cabeça da furdunça em que estava metida e me viu parado na porta de um quarto. Não reparou ou não quis reparar na minha ausência de auréola. Apenas me chamou com um dedo lambuzado: "vem, vem". E eu fui, temendo que meu disfarce fosse comprometido se eu dissesse não, se virasse as costas. Tive de esconder a sacola de maçãs roubadas atrás do corpo e entrar no quarto passo a passo, tentando chamar o mínimo de atenção possível. Antes que eu chegasse perto demais daquele microbacanal, fui puxado violentamente para trás, para fora do quarto, pelo corredor e para dentro de um banheiro surpreendentemente vazio. Olhei para meu salvador e vi Eva, com a auréola que eu tinha esquecido de vestir. Ela estava abrindo a janela e me mandando pular. Olhei para fora e vi que estávamos no térreo. Amarrei bem a sacola de maçãs, passei a alça pelo ombro e pulei. Em menos de um segundo já estávamos correndo pelas florestas daquele jardim proibido. A memória ainda parecia fresca, apesar de opaca. Lembrávamos de todos os atalhos, dos buracos no chão, da força necessária para escalar as vinhas coladas no muro e saltar para fora do Éden.

Chegamos no acampamento com o amanhecer. Se não fosse por Eva, eu ainda estaria preso no palácio e o plano todo teria ido por água abaixo. Ela puxou a sacola da minha mão e contou as maçãs douradas. Peguei duas: uma para mim, outra para ela. Com a primeira mordida, nossas mãos finalmente pararam de tremer, e uma rajada de prazer desceu, elétrica, por toda a coluna. Com a segunda mordida, começamos a nos despir e nos tocar. Deus nos via por entre as nuvens, a ira divina queimando em seus olhos. Rimos dela, já estávamos do lado de cá do muro.

SEMENTES

Foi o Paulinho que disse que a mãe dele disse que a gente é como se fosse umas sementinhas de gente grande. Os adultos são que nem as árvores, e a gente é umas sementinhas, nasce bem pequenininho e bem fraquinho, mas aí a gente cresce, cresce, cresce e fica grande e forte que nem a árvore no fim da rua, que é bem grande e forte e aguenta quando a gente sobe nela e fica pulando nos galhos, mas minha mãe não gosta quando eu subo porque diz que eu posso cair e me machucar e me dá bronca quando me vê subindo, então só subo escondido, porque aí é mais legal, e nunca caí, nem uma vez.

Eu quero crescer e ser adulto, mas não sei como que a gente faz pra crescer, nem o Paulinho. Quem sabe é a Iara, que brinca de jardinagem com a mãe dela, que diz que é paisagismo, não jardinagem, mas eu não sei qual é a diferença. Ela disse que a gente planta uma sementinha debaixo da terra e depois rega todo dia, todo dia mesmo, e espera crescer. Tem umas que crescem bem rápido, e tem outras que demoram, mas regando direitinho e colocando uns produtos que a mãe da Iara deixa numa prateleira bem alta porque diz que criança não pode pegar, elas sempre crescem e um dia talvez virem árvores. Aí eu falei pra Iara que queria virar adulto que nem as plantas, e a Iara falou que ia ser divertido, que a gente podia me plantar primeiro, ela ia me regar todo dia, todo dia mesmo, prometeu que não ia esquecer, e depois que eu crescesse, a gente podia todo mundo se plantar e virar adulto, mas agora não ia contar pra ninguém, ninguém, ninguém.

Aí a gente cavou, cavou, cavou bem fundo, mas não tão fundo, pra não chegar na China, porque aí ia ser um túnel e não um buraco, e isso a gente faz outro dia, quando já for adulto. Uma hora a Iara falou que já estava bom de cavar, e eu pulei lá dentro do buraco, gritei "primeiro, primeiro!" e fiquei deitado, porque de pé sobravam os braços e a cabeça pra fora, mas a Iara disse que é assim mesmo, que as sementinhas tinham que ficar inteiras debaixo da terra, que era ali que elas começavam a crescer pra depois sair do chão e virar árvore.

Aí eu fiquei deitado no buraco, e eles começaram a jogar terra em cima de mim pra me cobrir, primeiro as pernas, depois a barriga e o peito, aí eles falaram que iam cobrir minha cara e falaram "tchau", e eu falei "tchau" e fechei os olhos pra não cair terra neles, e eles começaram a jogar a terra na minha cabeça até me enterrarem todinho. E eu fiquei esperando aqui, todo contente, pra ver se crescia. Eles prometeram que não iam contar pra ninguém, vai todo mundo ficar surpreso quando eu sair daqui adulto, bem grande e forte, e puder mandar neles, que ainda vão ser crianças, e meus pais não vão nem me reconhecer, e eu vou poder subir na árvore do fim da rua quando eu quiser, e quando minha mãe gritar comigo falando que é pra eu descer, eu vou poder falar que já sou adulto, e posso fazer o que quiser. Vai ser legal demais.

A CONTA

Mas o que Marilene não sabe é que Nina sente o mesmo. Talvez não com a mesma intensidade, mas definitivamente o mesmo sentimento. Um sentimento que, de tão novo, nenhuma das duas sabe ainda nomear. Amor, sim. Tesão, também. Mas algo mais. Maior: uma tentação, um conflito, um impulso que já há algum tempo não se basta no pensamento, no desejo de Marilene por Nina, de Nina por Marilene.

As duas, ao se olharem, são inundadas dessa estranha, imensa, inquieta felicidade que as preenche primeiro no peito, onde as alegrias do amor sempre começam, e depois extravasa pelos vãos entre as costelas, num gotejar quente que vai se avolumando em poça, lagoa, lago, oceano em maré revolta; subindo aos ombros e descendo ao ventre, ao baixo-ventre, em pulsos de eletricidade contraindo os músculos, como se ali batesse um outro coração, mais lento, mais sensível. As pernas se deixam esmaecer, quietas, pois não é mais necessário caminhar, o destino já está aí: Marilene à frente de Nina, Nina à frente de Marilene. Rapidamente, a visão se turva para não deixar os olhos enxergarem o crucifixo no pescoço uma da outra e impedi-las de sentir, por vergonha, uma culpa que não tem forma, nem cor, nem cheiro, mas pesa.

Só que o olhar não basta. É necessário mais. Uma mão que se estende por cima da mesa, que se lança em direção à outra. A outra que a alcança, sedenta. Marilene sorri para Nina. Nina sorri para Marilene. Olham para as mãos que se tocam, dançando num ritmo secreto que apenas as duas conhecem. Os dedos entrecruzados, o calor da palma e uma carícia no pulso, uma longa e terna carícia. Um gesto antigo, agora ressignificado, com sabor de novo. Uma nova exploração do corpo que logo já não será suficiente. Levantam mais uma vez os olhos e ficam ali. Apenas ali. Tudo o que podem fazer agora, neste curto instante, ao fim do jantar, enquanto os maridos conversam para dividir a conta.

CÃES NOTURNOS

Jorge estava errado. Os cães noturnos estão uivando e latindo, circulando a casa. Estou esperando. Ele sempre se levanta e vem se deitar um pouco comigo. Ainda não veio. Jorge está quieto demais, não ronca nem tosse: isso é o que mais me assusta. Tento chamá-lo baixinho porque os cães noturnos já estão circulando a casa, arranhando as paredes, mas ele não se mexe. Acorde, Jorge.

Prefiro os cães diurnos. Eles deixam a gente fazer carinho, balançam o rabo pedindo para brincar e lambem nossa cara. Às vezes andam conosco pelas plantações, pulando, rodeando nossos calcanhares, querendo atenção. Vão embora quando ficam com fome e percebem que não temos comida, mas são uma boa companhia para o dia de trabalho. Depois que o sol se põe, geralmente perto do final do jantar, posso ouvir os cães noturnos uivando lá longe, na mata, e torço para não virem para a cabana. Jorge sabe dizer logo de cara se a noite vai ser tranquila ou não, mas nunca me diz, para que eu não me assuste demais. Quando se aproximam, esperam até já estarmos deitados: Jorge no beliche de cima, eu no de baixo. Não são sorrateiros, os cães noturnos; nos acordam com latidos e uivos, gostam de mostrar que nos cercaram, que estamos presos aqui dentro.

Quando chegam muito perto da casa, Jorge desce do beliche e deita comigo um pouco, me envolvendo em seus braços imensos, dizendo que vai cuidar de tudo, já volto. Às vezes canta uma música no meu ouvido e me faz um cafuné. Depois pega seu machado e sai para lutar com os cães noturnos. Escuto os gritos da carnificina, tentando entender o que está acontecendo, torcendo para que não seja desta vez que eles levarão a melhor.

Jorge sempre volta coberto de sangue e feridas superficiais, nada que precise dar ponto. Costuma ficar excitado depois de afastar os cães noturnos, e eu deixo que faça o que tem vontade, sentindo suas mãos fortes e ainda ensanguentadas passearem pelo meu corpo, desejando cada pedaço dele que entra em mim. Depois dorme profundamente, enquanto luto contra o sono. São as únicas noites em que deita comigo, me abraça e me devora. Faço de tudo para adiar seu fim. Deixo que acorde tarde no dia seguinte, fico deitado, silencioso, ao seu lado. Troco os lençóis só de tarde, depois de brincarmos com os cães diurnos.

Jorge.
Jorge, acorde.

Sempre fomos eu e Jorge nesta cabana, só os dois. Jorge é alto, forte e confiante. É lembrado por onde passa. Eu sou pequeno, curvado, tímido. Não gosto de sair de casa, não sou visto. Por isso não é estranho acharem que ele mora sozinho. As pessoas sempre gostaram mais de Jorge do que de mim por aqui, e eu não as culpo: não sou muito simpático. Sempre que o encontram, vejo os sorrisos que ele provoca, as conversas que conduz com naturalidade, os olhares que recebe como oferenda, como iscas. Comigo é diferente. Quando me encontram, posso ver o desgosto em seus olhos; na verdade, fico aliviado quando desviam o olhar. Às vezes tenho vontade de mandar Jorge embora, que caia nessas armadilhas e vá embora, vai ficar com esses bajuladores, vai saciar a fome de um povo inteiro. Vão te estraçalhar como a carne que é para eles, vão pegar um pedaço seu para cada um e te engolirão bebendo seu sangue até não sobrar nada, nada, nada. Não prefere ficar inteiro, Jorge? Inteiro, comigo?

Agora uma janela quebrou. São os cães noturnos, estão dentro da cabana. Posso ouvir os latidos e o som das patas correndo pela sala, se enfiando na cozinha à procura de carne. Jorge está quieto, não quer acordar.

Acorde, por favor.

Hoje foi dia de festa na praça central. É claro que Jorge queria ir, não me deixou dizer não, disse que ia ser divertido e tossiu. Jorge acordou com uma tosse persistente, de peito cheio, com febre. Estava reticente, distante, um pouco irritado. Não quis sair para as plantações, e eu tive que ir sozinho. Prometi que ia procurar pelas plantas certas para fazer um chá, ajeitei suas cobertas, dei um beijo na sua testa quente e saí para encontrar os cães diurnos. Mas eles não apareceram hoje, por mais que os chamasse. Assoviei, assoviei e nada. Eles sempre vêm quando Jorge vem. Eu queria que eles viessem quando eu venho.

Trabalhei o dia todo nas plantações, sozinho, pensando em Jorge, pensando em Jorge na festa, rodeado por seus adoradores, sorrindo enquanto os cães diurnos lambem suas mãos. Depois ia matar uns cães noturnos e se enfiar dentro de mim, todo sangrando, cheirando a violência, sujeira, morte. Ele queria ficar bom logo, eu sei que queria, mas pelos motivos errados. Se eu conseguisse mantê-lo só um pouco doente, só por essa noite, ele poderia ficar comigo, poderia deitar comigo, pediria para ser abraçado, dormiria ao meu lado sem estar sujo de sangue e de manhã poderíamos ir buscar as ervas, juntos, de mãos dadas, com os cães diurnos aos nossos pés.

Se eu ficar quieto, podem não perceber que estamos no quarto, que a porta está fechada, que não temos para onde fugir. Eles latem, uivam, derrubam o que está pela frente, espatifando tudo o que temos na sala. As patas vão de lá para cá, as bocas abrem e fecham sobre tudo que parece carne.

Jorge, eles estão aqui.

Acorde. Acorde, por favor.

Quando o sol se pôs, Jorge ainda não tinha melhorado. E aí começou a piorar. Suava frio na cama, tremendo, delirando de febre. Tive que trazer um balde para que pudesse se aliviar, estava fraco demais para ir ao banheiro. Fiz compressas para acalmar suas dores e tentei procurar pelas ervas perto da cabana.

Cozinhei uma sopa para o jantar, Jorge tomou três tigelas, e sua febre pareceu baixar o suficiente para que parasse de tremer. Ele disse que ia só descansar um pouco, que ainda sairíamos para a festa, e eu concordei. Quando os cães noturnos começaram a latir na escuridão, ele disse que eu podia ficar tranquilo.

Não viriam hoje, hoje não era dia. Deixei que dormisse na cama de baixo, sob camadas e camadas de cobertores. Roncou e tossiu, gemendo de dor. Coloquei seu machado ao lado da cama, por precaução.

Pego o machado, mal consigo levantá-lo. Eles estão chegando, eu posso ouvi-los raspando as unhas na porta do quarto, farejando, latindo. Sabem que estamos aqui, que estamos vulneráveis, e não vão embora. O cheiro de Jorge... é o cheiro de Jorge, só pode ser o cheiro forte de Jorge atraindo os cães noturnos. Posso ouvir a saliva pingando de seus dentes.

Jorge, por favor, por favor, acorde.

NATUREZA MORTA

Antes do meu signo, da minha nacionalidade ou da minha profissão, sou um solitário. Vejam vocês esse episódio da minha infância. Era o tempo da pré-escola. Na hora do recreio, a turma se dividia em dois times para, como bons brasileiros, jogar futebol. Não por falta ou excesso de jogadores em um dos times, mas por vontade própria, eu logo escolhia minha posição favorita em campo: o placar. Creio que daí já é possível tirar algumas conclusões sobre a minha personalidade.

Não pensem que sou recluso ou antipático, por favor. Eu sei que alguns de vocês me veem assim, mas não poderiam estar mais errados. Sou um solitário, sim, mas não me sinto sozinho, não. De vez em quando gosto de ver gente, estar com gente (estou aqui com vocês, não estou?), mas a pessoa com quem mais gosto de passar tempo sou eu mesmo. Eu sei como isso pode soar, mas fazer o quê? É quem sou. Na verdade, se sobrevivi foi porque estava entocado no meu ateliê e não aqui, na festa. Não me olhe assim, Marta. Não foi nada pessoal. Só não estava a fim no dia, preferi trabalhar no painel do Juízo Final.

Irônico, né?

Quando digo que gosto de ver gente, quero dizer ver mesmo, no sentido de observar. *People watching*, para os anglófonos. Meu programa favorito sempre foi observar pessoas na rua, no transporte público, museus, lojas. Enfim. O que mais gosto é decifrar o que estão pensando, o que estão fazendo, inventar histórias para entender de onde vieram, por que vão para onde vão, o que fazem quando chegam em casa, que expressão fariam ao ser empaladas, ou queimadas vivas. Um ótimo exercício para compor o painel. Antes das bombas já era assim, e não vejo motivo para mudar justo agora.

O que foi?

Boa pergunta, Tadeu.

Então, eu vejo essa situação como uma espécie de paraíso particular. Por conta da solidão? Sim, claro, mas também por conta do silêncio. Olha só, escuta um pouco:

Absoluto.

Quando é que você já escutou tamanho silêncio antes na sua vida? Sem carros, sem buzinas, sem gente gritando no bar às duas da manhã, sem pássaros berrando na janela. Quase, até, sem vento.

É ótimo para me concentrar e completar o painel, afinal não me resta muito tempo. Já sinto a radiação me corroendo por dentro e por fora. Mas eu preciso terminar.

O que foi, Marta? Não, não o do apocalipse. Esse já perdeu o sentido. Já aconteceu, já foi. Agora eu estou pintando vocês, nesse apartamento, antes de ficarem chamuscados até os ossos, congelados para sempre na mesma posição. A Julia ali, segurando uma taça que deve ter se espatifado com a onda de calor. O Márcio jogado no sofá, provavelmente já não estava falando nada com nada. Fernanda sentada no colo do Tadeu. Você, Marta, a única ainda sentada à mesa. Estou tentando ser o mais fiel possível à memória que tenho de vocês, meus únicos amigos, com carne e pele, roupas e maquiagens. Uma homenagem, uma despedida. Vai ser minha obra prima: meu quadro mais realista, uma janela para o passado logo antes dessa destruição sem sentido. Ficará de presente para a espécie que herdar esse planeta assim que eu me for. Ratos? Polvos? Baratas? Não sei. Rezo para que entendam um pouco de arte.

DANTINO

Pobre Dantino: rapaz feio, baixinho, com pança e bafo, que, para piorar, era apaixonado por Joana. E quem não era apaixonado por Joana no segundo ano do colegial? Parecia filha do rugido das cachoeiras com o frescor de uma brisa suave no verão. Seus lábios eram todos sorriso e a pele bronzeada era uma eterna aurora sobre campos de lavanda, aos olhos de Dantino. Era assim que a descrevia nos sonetos de versos alexandrinos repletos de rimas pobres guardados em um caderno de capa amarela dedicado inteiramente a esse amor não declarado.

Joana estava sempre confabulando com as amigas em rodinhas no recreio e no horário de saída das aulas. As risadinhas e o bom humor pareciam vir de um poço sem fundo. Já Dantino era uma visão que dava dó. Triste, triste. Chorava suas lamúrias pelos cantos do colégio por achar que o tanto que a amava jamais compensaria o tamanho de sua feiura.

Numa fatídica terça-feira de agosto as estrelas se alinharam, e a história tomou seu rumo. Dantino, mais uma vez, chorava seu azar escondido nas escadas de incêndio do prédio anexo quando Joana chegou sorrateira, sentou-se ao seu lado e tascou-lhe um beijo. O primeiro de Dantino: uma sensação que não sabia processar, um arrepio na pele, lábios tremendo de tanto medo, de tanta vontade. Depois de cinco ou seis linguadas, Joana deixou que o rapazote pusesse a mão sobre seus peitos e, depois de mais duas ou três, que os tocasse por baixo da blusa, sentindo a dureza dos mamilos e colocando os neurônios do garoto em pane.

Pobre Dantino. Tocava aquela pele macia, lambia a língua doce, sabor de bala tutti frutti, como um cachorro lambe a face de seu dono. Acreditava já estar no paraíso, no êxtase descrito pelos poetas, poderia morrer feliz naquele instante, quando o destino o surpreendeu novamente: Joana abriu o zíper da calça de Dantino e pôs para fora seu membro ereto e fedido.

Essa também era sua primeira vez sendo tocado por mãos que não as suas. O cérebro demorou a compreender o dilúvio no qual o corpo se afogava. Tudo parecia um sonho, uma explosão de sensações com a qual ele não sabia lidar. Em quatro descidas e cinco subidas, Dantino atingiu o nirvana e foi atirado em direção aos astros, espalhando gotas espessas ao redor, respingando suas roupas e as mãos de Joana.

Pobre Dantino. Encerrados o orgasmo, a bolinação e o beijo, sua amada limpou as mãos nas paredes da escada e, quieta como veio, foi embora, desaparecendo no andar de baixo. Nem olhou para trás, para ver o garoto boquiaberto, indeciso entre um débil sorriso apaixonado e uma expressão de pavor.

Tomado de uma súbita vergonha, ele se cobriu e correu ao banheiro para limpar o excesso de fluidos antes que endurecesse nas roupas. Era o fim do recreio, e Dantino, ainda incrédulo, se prontificou a relatar o ocorrido aos primeiros amigos que encontrou. Reuniu-os em roda, omitiu o choro na escada e contou dos lábios macios de Joana, dos peitos firmes de Joana, das mãos de Joana em volta de seu membro, dos arrebatadores jatos de esperma. Chegou até a levá-los à escada de incêndio e apontar as manchas ainda frescas nos degraus.

Pobre Dantino. Nunca foi alvo de tanto escárnio quanto naquele dia. Nenhum de seus amigos acreditou no relatado. Quem acreditaria? Joana jamais admitiu o fato. Pelo contrário, negou até o fim do terceiro ano, e, depois de entrar numa faculdade de Letras em outro estado, deixou de pensar sobre a fofoca. O rapazote, entretanto, sem testemunhas ou provas concretas, ficou conhecido nos corredores da escola, daquele dia em diante, como mentiroso e pervertido. Além, claro, de continuar sendo feio, baixinho, com pança e bafo.

Pobre Dantino. Abandonou a poesia nos cadernos e se tornou mais pragmático e analítico. Baixou a cabeça, mergulhou nos estudos, deixou de ir à formatura para se preparar para o vestibular. Virou professor de geografia e, após alguns anos ensinando em escolas públicas, conseguiu um emprego na sua antiga escola. Obra do acaso ou carreira planejada, ele não diz. Está lecionando ali há quase cinco anos, e é conhecido pelos alunos como Porcão, por conta de seu bafo, da pança, dos braços curtos e dos círculos de suor nas axilas. Fazem desenhos dele durante as explicações mais tediosas, exagerando suas feições; mas, no geral, costumam prestar atenção em suas aulas. É um bom professor. Gosta de usar transparências e de passar filmes que ilustram conceitos de geopolítica. Enquanto os alunos estão distraídos com o conteúdo, ele medita sobre a escola que conheceu, e que não existe mais. Os outros professores e a direção foram completamente renovados desde o seu tempo. Dantino não conversa com eles fora das reuniões de equipe, e, não fossem as tosses ocasionais na sala dos professores, esqueceria que estão ali. Por mais que tente, Dantino não consegue enxergá-los completamente, são fantasmas de um futuro intangível que acontece ao redor. Um futuro do tempo presente, no qual ele nunca soube chegar.

Cada dia mais, Dantino vai se tornando um outro tipo de fantasma, resignado a seu canto, à sua rotina. Gosta de caminhar pelos corredores vazios ao fim do expediente, ouvindo o eco de seus passos, lembrando de todos os que já não estão mais, que talvez já nem se lembrem de como foram felizes naquele prédio, de como foram tristes. Tenta evitar, mas sempre acaba pensando em Joana. Relembra a cena completa, sentindo, no lugar do tutti frutti, um gosto acre na língua. Foi uma aposta? Um desafio? Ato de genuíno amor? Delírio? Sonho? Pobre Dantino, não esquece jamais.

Joana se tornou escritora, vive entre a Espanha e o Brasil. Seis meses lá, seis meses cá. Passa os réveillons em João Pessoa, na casa da família. Ganhou prêmios literários com o primeiro e o terceiro romances. Prêmios diferentes. Não emplacou nenhum com os outros, que lança em frequência quase anual. Dantino leu todos. Devorou-os, na verdade, em busca de alguma pista, alguma confissão, algo. Encontrou em *Descalços, meus pés beijam o chão*, segundo romance de Joana, uma breve menção a um personagem feio, baixinho e com bafo que mente sobre ter beijado ou transado com as colegas de turma da protagonista. Coisa curta, duas linhas esquecidas em um parágrafo de pouca importância no quinto capítulo, página 46, mas que levou Dantino às lágrimas no transporte público lotado. Pobre Dantino, jura que disse a verdade sobre o episódio da escada de incêndio.

Jura que beijou Joana, que tocou seus peitos e que foi masturbado por ela. Jura até hoje, mesmo sem ninguém perguntar. Dizem que, pedindo com jeito, ele te leva até lá e mostra o exato degrau onde estavam sentados.

SENTIMENTO OCEÂNICO

Hoje é minha penúltima sessão do tratamento. Daqui a dois dias completo a décima e não consigo sentir que fiz progresso algum. Se não descobrir nada até depois de amanhã, passo a pagar pelas sessões individualmente, enquanto o dinheiro durar.

Pergunto para o Fabrício se é normal levar esse tempo todo, e ele, com seu sorrisinho, me diz a frase que, acredito, deva ser padrão para esse tipo de pergunta:

— Depende, querido. Cada um leva o tempo que precisa.

Não digo nada e deito no divã já com a mesma naturalidade com que deito na minha cama. Fabrício passa o gel nas minhas têmporas, prende os eletrodos e coloca o balde do meu lado.

Sempre o coloca, caso seja necessário, mas não cheguei perto de passar mal em nenhuma sessão.
— Para onde vamos hoje?
— Para a praia.
— Ok.

Eu sinto ser irrelevante ter que dizer toda vez que quero ir para a lembrança da praia, e ele já deve esperar que essa vai ser minha resposta, mas acho que ele não poderia simplesmente plugar tudo e me mandar direto para lá. Devem existir questões éticas da profissão, do método, que o obrigam a repetir a pergunta toda vez. Mesmo sabendo qual será a resposta, as palavras têm que ser minhas, vir do meu vocabulário, do jeito que fazíamos quando as consultas eram mais tradicionais, sem o aparelho.
— Tudo pronto, querido?
— Pronto.

Escuto o barulho dos botões pressionados, da corrente elétrica sendo regulada e o aparelho todo vibrando.
— Ok, agora respira.

As últimas palavras de Fabrício ecoam no céu como se feitas de nuvens — respira —, e estou de volta ao mar, boiando na água escura e gelada que arrepia minha pele ainda sem pelos. Estou em algum ponto do Atlântico, perto de Ubatuba, e ainda não tenho medo da profundidade. Faltam dois minutos para o momento em que irei mergulhar, então aproveito e respiro tranquilamente enquanto posso, pois quando voltar à superfície já terei pavor do oceano. É por conta desse medo que passamos das sessões normais de psicanálise para esse método um pouco mais direto.

O princípio é simples. Ou pelo menos o Fabrício me explicou de uma forma simples: reviver memórias. Não acessar. Reviver. Foi desenvolvido pensando no tratamento de soldados voltando da guerra, sobreviventes de genocídios, vítimas de abusos e psicopatas em potencial, mas depois que a patente venceu, é mais utilizado na análise de gente como eu, que tem dinheiro de sobra e paga trezentos reais por sessão para descobrir por que tem medo do mar.

Não é uma fobia qualquer, pânico, histeria. Se fosse, eu já teria resolvido o problema quando tentei morar na capital, bem longe de qualquer praia. Não, o medo piorou com a distância. O oceano me chama, me persegue em pesadelos, não consigo ficar longe dele. Simplesmente não consigo. Preciso vê-lo, estar perto, sentir o cheiro salgado das algas, escutá-lo. Ele manda, e eu obedeço.

Voltei para o litoral, moro em um apartamento com vista para o mar e nunca abro as cortinas por muito tempo. Apenas escuto: as ondas quebrando à distância, me chamando, me puxando, feito a voragem que certa vez quase me afogou a dois metros da areia. As ondas quebravam na minha cabeça, me tragavam para baixo, para lá, para cá, e quando finalmente conseguia subir, desnorteado, uma nova onda já estava quebrando na minha cabeça. Quase morri aquele dia em Ipanema, na frente de milhares de turistas precavidos. Não, essa lembrança foi ano passado, eu já convivia com o medo. As caipirinhas, o sol, a tontura do Marlboro vermelho... me deram coragem para enfrentá-lo. A vergonha de ser resgatado, de ouvir as palmas para os salva-vidas e depois fumar um maço inteiro com as mãos ainda tremendo foram apenas agravantes ao pavor já existente. Agravantes que acabaram me trazendo ao consultório do Fabrício, ao método inovador, à lembrança da escuna em Ubatuba. Então, de certa forma, foi bom quase ter morrido.

Na lembrança que precede meu trauma original estou sozinho, flutuando em alto-mar, de sunga azul-escura, aos sete anos de idade. Por enquanto boio, e a gaivota atravessa pontualmente sob a luz do sol, jogando minhas pálpebras fechadas numa breve escuridão alaranjada. Em menos de um minuto mergulharei, prendendo a respiração. Quando voltar à superfície, já terei pavor do mar.

O passeio de escuna com a família zarpou de Ubatuba e fez essa parada para um mergulho. Mas esse passeio, a tarde na praia, os primos dando mortais, as duas semanas na casa alugada, as noites quentes jogando baralho e estapeando mosquitos, as brincadeiras nos quartos com as luzes apagadas, o sim, o não, as garrafas de protetor solar e repelente de uso comum, até mesmo o meu pulo da escuna para a água são outras memórias, sem influência nesta, onde o medo começou.

Estou flutuando de barriga para cima, braços estendidos para os lados, os ouvidos submersos, entupidos. É engraçado me perceber num corpo de criança novamente, sinto-o tão leve. Menor e maior ao mesmo tempo. A água é de um verde-escuro, e o céu, de tão claro, parece branco. Sei que meus quatro primos e duas tias estavam na água também, já vi as fotos diversas vezes, nós sete flutuando com os braços para cima, acenando, mas eles existem apenas em vozes, som. Me sinto distante, em outro lugar, como se não houvesse ninguém ali, nem mesmo o barco. Apenas eu e o Atlântico em expansão infinita: um ser só.

Meu tio grita algo para alguém. Alguém responde com uma risada. Conto um, dois e tchum, mais um salto mortal espalhando água. Risos, broncas. Em vinte segundos irei mergulhar. Depois voltarei com medo.

Por enquanto flutuo de olhos fechados numa calma sem igual, uma espécie de transe, sentindo o que um cubo de gelo deve sentir ao começar a derreter. Então abro os olhos e é aí que vejo o céu branco que mencionei. Dói olhar para ele, o sol parece dominar tudo ao seu redor.

Volto a ficar na vertical, mexo as pernas devagar e olho para baixo, vendo a água verde, turva, ainda sem medo de que algo me agarre na escuridão. É hora de submergir. Prendo o ar e mergulho de cabeça, mantendo os braços colados junto ao corpo, batendo os pés e me imaginando um torpedo, tentando descer o máximo que posso.

A sensação refrescante da água gelada na pele queimada de sol logo dá lugar à pressão apertando os ouvidos, começando a esmagar a cabeça quanto mais fundo desço. É uma prova de resistência, e eu testo a minha força contra a da natureza. O mar toma nota e comenta consigo mesmo: "uau, é um novo recorde!".

A água fica mais gelada a cada pernada, até o ponto do desconforto. Quando a pressão se torna irresistível nos ouvidos e o ar que levei comigo dá sinais de estar esgotando, decido que é hora de voltar, já mostrei a mim mesmo e ao oceano que não estou para brincadeiras, que sou um ótimo mergulhador. Na memória, começo a nadar de volta e só ao chegar na superfície abro os olhos, para evitar a queimadura do sal. Não olho para baixo, nem para os lados, apenas nado e nado. Quando chego à superfície, estou esbaforido e tenho medo do mar.

Eu sei que está naquele momento, entre descer e subir. Ali encontrarei a razão por trás desse medo primitivo, irracional, que, de tão repulsivo, se torna atração. Um pavor do mero toque da água salgada, do som das ondas, da imagem do oceano em filmes. Então, dessa vez, vou fazer diferente. Tenho que encontrar uma resposta; não posso deixar meu dinheiro acabar sem conseguir essa resposta.

Na memória eu subo direto, abro os olhos apenas quando já estou lá em cima. Mas, dessa vez, eu os abro ainda lá embaixo. Mesmo sem ar, eu os abro. Ainda não tenho medo, posso olhar para a profundeza sem receio, sem urgência. É libertador.

— Márcia? Vem cá! O aparelho está travando.

Mantenho braços e pernas em movimento para continuar submerso. Vejo a escuridão ao meu redor, e os olhos não queimam com o sal, pois não tenho memória de abri-los a essa profundidade. A água é muito mais gelada aqui, quase mais densa no contato com a pele. Lembro da sensação, queria ter ficado submerso naquele dia, lutei para aguentar o máximo de tempo sem ar. Mas estava com os olhos fechados, e agora estou com eles abertos. Ou acredito estar. A escuridão pode ser a falta de luz ou o fato de eu não saber o que está ali, por nunca ter aberto os olhos. De repente algo se move embaixo de mim, não vejo, mas sinto o rastro de movimento na água passando sob meus pés. É algo grande. Olho em volta, procurando alguma forma discernível, porém está tudo escuro ao meu redor. Não há luz, nem mesmo em direção à superfície. Ou o que eu acredito ser a superfície. Estou perdido, bato os braços e as pernas, me afastando do que passou por mim, não sei se subo ou desço. Quero respirar, quero sair da simulação, quero terminar a memória. Não encontro onde a deixei.

— Querido, respira. Foca na praia.

Eu me lembro de subir, de nadar com todas as forças até a superfície, jogar o corpo para fora da água desesperado, escalar as cordas na lateral da escuna e de ter medo do mar. Eu me lembro, só que não consigo sair do lugar, está tudo escuro, bato o pé em algo mole. Retraio a perna como um tentáculo, temendo que a coisa me agarre, ou que revide, e nado com mais força ainda, até bater a mão em outra coisa mole, à minha frente. Quero gritar, mas não tenho lembrança de gritar debaixo d'água. Nado, fujo. A água ao meu redor segue esfriando, a pressão esmaga minhas têmporas cada vez mais.

Uma mão agarra meu pulso com força. Sei que é uma mão, sinto cada um dos dedos, cada um dos ossos me apertando. Tento me desvencilhar, mas algo segura meu pé. Algo que não sei o que é. Se enrosca como uma cobra até a altura do meu joelho e me aperta.

— Ele está engasgando! Prepara o kit!

Tento me debater, mas as mãos e serpentes e tentáculos me puxam em outra direção. Não sei qual, nem consigo resistir. Minha boca é escancarada por algo muito mais forte que minha mandíbula, algo cheio de braços pequenos, dedos molengas: um outro bicho, menor, que se debate furiosamente e se mete para dentro de mim à força. Sinto sua aspereza enquanto se remexe frenético, raspando minha língua, machucando as gengivas, arranhando dentes, se agarrando onde pode e se puxando em direção à minha garganta, feito uma toupeira que encontra um túnel já escavado e se mete nele, até desaparecer dentro do meu corpo e o medo se instaurar, feito uma infecção.

— Quando eu falar já, você arranca os eletrodos.

Quero fechar os olhos, mas nada disso é uma lembrança, está acontecendo agora, sempre esteve acontecendo agora. O bicho, a coisa, não sei, se enfia na minha boca e começo a ter pavor do mar. Ao meu redor, a escuridão está repleta de criaturas gigantescas, monstros descomunais que me veem sem que eu os veja: um polvo colossal, um tubarão pré-histórico, um crocodilo sedento por sangue. Podem estar a dois centímetros do meu rosto ou nadando furiosamente em minha direção, com bocas cheias de dentes para me estraçalhar, tentáculos prontos para me agarrar e sufocar.

— Pronto?

Há algo pior, algo ainda maior, uma sombra terrível atravessando a escuridão. E parte dessa coisa está dentro de mim agora, se remexendo no meu estômago, criando uma náusea insuportável, uma vontade de abrir minha própria barriga com as unhas e arrancá-la.

— Pronto.

— Já!

Num solavanco, estou de volta ao consultório, deitado no divã, as roupas empapadas de uma água fria, salgada. Fabrício está segurando meus ombros. Ofegante, porém satisfeito ao me ver de olhos abertos. Tento falar algo, mas as palavras sobem em um vômito denso, esverdeado, queimando a garganta. Sinto os músculos da barriga se contorcendo e despejo, jato atrás de jato, uma gosma fétida sobre mim mesmo e sobre o chão do consultório. Nem uma gota dentro do balde.

Fabrício sai da sala dizendo que vai buscar algo. Lentamente a náusea começa a passar. Olho para trás com vergonha, vejo Márcia, a outra psicóloga do consultório, parada atrás de mim. Em seus olhos, uma expressão retorcida de terror. Em sua boca, uma torção de nojo. Está tentando dizer algo, apontando para onde vomitei. Há algo se mexendo ali, algo com cheiro de coisa morta, mas vivo; uma bola de tentáculos disformes, chafurdando nos pedaços do meu almoço, na bile que expeli, tentando se pôr de pé e caindo, choramingando como um bebê.

Fabrício volta com luvas amarelas de borracha e pega essa coisa amorfa. Ela se debate no ar, espalhando vômito com o movimento errático dos tentáculos. É mais forte do que parece. Ele a leva até a estante atrás de Márcia, pega um pote grande de vidro. Com esforço, coloca a coisa lá. Abre uma garrafa de álcool e despeja o conteúdo em seu interior. Depois tampa o pote.

Márcia continua estática, sem tirar os olhos do pote, as mãos tremendo e tentando se agarrar a algo. Eu estou coberto de vômito e suor, sentindo o cheiro azedo tomar conta da sala. Fabrício balança a cabeça para os lados, fala para eu não me preocupar e me entrega o pote. Os tentáculos se contorcem debilmente, sufocados pelo álcool, agonizando. O choro da coisa sai afogado, bolhas de ar e som deixando seu corpo. Não consigo tirar os olhos até que esteja quieta, morta. Quando para de se debater, sinto pena dela.

POMPEIA

Até hoje, ninguém conseguiu compreender o porquê de a comunidade debaixo do viaduto na Gustav Borghoff conseguir ocupar aquele trecho específico da avenida, nem o porquê de a polícia não ter feito nada para liberar o tráfego desde o primeiro dia em que um dos casebres foi construído fora da calçada. Há quem suspeite de influência do tráfico, corrupção de policiais e acordos entre políticos e empreiteiras. Há quem aponte a localização marginalizada do bairro e a distância do próximo ano eleitoral. A verdade é que ninguém sabe. E, quando se fala daquela comunidade, é impossível não falar sobre o seu fim. A maioria só sabe do desastre. Eu lembro do começo.

Talvez fosse terça-feira — não sei, já não conto mais os dias. Eu ainda trabalhava no Instituto, limpando as caixas dos anfíbios no biotério. Sapos e rãs, em sua maioria, mas também duas cecílias e uma salamandra que tinham, cada uma, um terrário exclusivo para si. Ah, e as baratas e grilos que eles comiam, guardados nos fundos, em caixas imensas de plástico. Então, anfíbios e insetos. Não importa, na verdade. Era um trabalho temporário enquanto algo melhor não aparecia, uma ocupação que me cansava o suficiente para sentir sono à noite e ajudava nos custos de casa. Ajudava, não cobria. Pensando agora, talvez fosse quarta-feira, acho, e eu voltava para casa pela Gustav Borghoff, em vez das ruas sinuosas e mais agradáveis dos bairros residenciais. Peguei trânsito, claro; e, por estar parado, vi o homem sentado na calçada debaixo do viaduto.

Notei primeiro a fogueira à sua frente. A luz amarelada dançando no cimento, a fumaça, a chama, a pilha de galhos, e por pânico pensei que estava entrando em alguma emboscada como as que estavam fazendo nas estradas do Centro-Oeste. Mas então vi que os carros à minha volta seguiam não assaltados, e ninguém pareceu se importar com o fogo, nem com — aí sim notei — o homem sujo, barbudo e sem camiseta que abanava a fogueira com um pedaço de papelão, sentado ao lado de seu carrinho de supermercado abarrotado de panos cinzentos, pedaços de madeiras coloridas, garrafas PET e outros objetos indistinguíveis. Não fez muito mais que isso — abanar uma pequena chama improvisada — nos poucos minutos que passei ali, esperando os carros se moverem. Cheguei em casa e jantei meu último ovo da geladeira.

No dia seguinte — segunda? sexta? — passei pelo viaduto novamente, mas dessa vez não vi nada mais do que a mancha preta onde a fogueira esteve e um amontoado de cobertores no canto da calçada. Também no sábado, no meu horário livre ou num feriado estendido, passei por lá e vi que o homem não estava mais sozinho. Sentados ao redor de uma nova pilha de galhos secos ainda não queimados, estavam sete homens e duas mulheres, todos igualmente maltrapilhos, cobertos com panos que um dia foram roupas. Em um canto, próximo ao carrinho de supermercado: panelas, sacolas, maletas, todos debaixo de uma lona azul, grossa, estendida com cordas amarradas em árvores mirradas que também não havia notado. Passei devagar com o carro, a janela abaixada, o som desligado. Não conseguia ouvir o que diziam suas bocas em constante movimento. Então um grito cortou o ar. Uma gargalhada vinda um pouco mais à frente, onde crianças cabeludas e sujas brincavam ou brigavam, eu não soube dizer.

Foram as crianças que me chamaram a atenção. Adultos, encontramos em qualquer situação, boa ou ruim. Balançamos a cabeça negativamente para seus braços estendidos em busca de algum dinheiro, alguma coisa, e seguimos nosso caminho. Mas quando há crianças neste bololô de cobertores, papelões, sacolas plásticas, soa um alarme na consciência. Vai de cada um responder à sirene silenciosa que toca em nossos centros de pena e vergonha, mas que ela toca, ela toca. Eu não soube ignorá-la, mas também não fiz mais do que passar debaixo do viaduto — dia sim, dia não; dia não, dia sim — e reparar. Precisava vê-las, garantir que ainda estavam ali com suas roupas maltrapilhas, cabelos duros e despenteados, mãos-pés-rostos sujos de terra, fuligem e criancice. Garantir que não teriam desaparecido do dia para a noite, levadas pela morte, por alguma doença, um carro passando a toda, algum adulto mal-intencionado. Caso não as visse, diminuía o ritmo, quase parando, e só saía de lá após confirmar que sobreviveram mais uma noite, mais um dia, mais uma tarde, mais um minuto. E, quanto mais eu as buscava, mais pareciam se esconder, num jogo que jamais foi anunciado, no qual nos esforçávamos para ganhar, sem saber que o outro também jogava. Os adultos, maltrapilhos, seguiam a olhos vistos, a todo tempo, estendendo roupas, acendendo fogueiras, pedindo dinheiro, todos os dias, todas as horas. Me sentia mal por subir a janela quando se aproximavam do meu carro tentando vender balas, limpar o para-brisas.

Os meses se passaram, e eu seguia no Instituto ainda recebendo menos do que gastava, sem conseguir nada melhor. Não demorou para que as dívidas se acumulassem, e eu fosse obrigado a entregar o apartamento em Castanheiras. Mudei para um quarto nos fundos de uma casa onde morava uma família de sete. O quarto ficava no Beira Rio, e a ponte deixou de figurar no meu trajeto diário, mas às vezes resolvia fazer uma volta maior só para passar por ali. A cada vez que cruzava com aquelas pessoas, via que sempre surgia algo novo: lonas penduradas, paredes de madeira compondo pequenos quartinhos, novas fogueiras, fogõezinhos a gás, botijões, panelas no fogo e pessoas, muitas pessoas. Suas tendas e casebres improvisados já ocupavam os dois lados da calçada. O terreno baldio mais à frente, que costumava ficar cercado protegendo a terra batida de invasões, não demorou para também ser ocupado. Eram tantas lonas e madeiras e pessoas e fogões e panelas que eu já não conseguia contá-las de olho, enquanto passava devagar com meu carro — quando tinha carro.

Era uma segunda-feira, creio, quando me perguntaram no trabalho se eu já tinha visto a comunidade debaixo da ponte.

— A comunidade?

— É, olha aqui, saiu no jornal.

A matéria ocupava meia página, e o texto abraçava uma foto daquelas pessoas: algumas sentadas, outras em pé, uma criança que estava correndo de um lugar ao outro e não passava de um borrão na imagem. Sem sinal daquele homem, o primeiro homem, debaixo da ponte. A matéria falava sobre as condições precárias, a luta pela comida de todo dia, o frio, o medo.

— Já estão dizendo que tá rolando um movimento grande de migração para essa ponte.
— Mas por que essa ponte?
— Eu sei lá.

Naquele domingo à noite, voltei a passar pela Gustav Borghoff, e me surpreendi com o trânsito que encontrei. Algo que nunca tinha visto. Blocos e blocos, fileiras e fileiras de carros parados, luzes de freio acesas, janelas abertas, músicas jorrando dos sons afogados pelas buzinas, cinzas de cigarro batidas para fora de janelas semifechadas, gente cansada suando atrás do volante. Mais à frente, o amarelo-alaranjado bruxuleante das fogueiras pintava o cimento debaixo do viaduto. Fiquei horas ali tentando andar uma centena de metros e, depois, mais algumas horas para completar o quilômetro que me levava para debaixo do viaduto, para aquelas pessoas. Lá, vi o motivo de tamanho engasgo na avenida: os casebres, tendas e colchões já não se limitavam às calçadas. Invadiam a pista dos dois lados da rua, deixando apenas dois pequenos corredores para os carros — um para ir, outro para vir.

O mais interessante: as habitações nas calçadas pareciam melhores que as da rua. Hierarquia própria, talvez? Quanto mais longe da rua, melhores os materiais dos quais eram feitas: paredes de madeiras finas e variadas, tão finas que não pareciam perigosas demais para quem estivesse dentro caso desabassem. Telhados de zinco ou de plástico, dependendo da casa, lençóis fazendo as vezes de porta. Já as tendas próximas da rua continuavam sendo feitas primariamente de lona, corda e papelão. Eram tantas que eu mal conseguia ver as pessoas debaixo da ponte, apenas ouvia o eco de suas vozes no cimento. Deviam estar dentro de suas casas, caminhando nos corredores que provavelmente se formaram entre as habitações, isolando os intrusos que teimavam em cortar a comunidade ao meio com seus carros.

Da janela de uma picape, vi o braço que jogou uma latinha na rua, ao lado dos casebres. O motorista talvez pensasse que estava apenas jogando lixo na lixeira, mas não demorou para que sete, nove, doze homens e mulheres emergissem da confusão de casebres. O motorista, elevado em seu trono, apenas riu, sem desviar o olhar do trânsito à frente. Não viu quando um homem barbudo e maltrapilho — o primeiro homem — pegou a lata do chão, a amassou com o pé e a arremessou com precisão no olho direito do motorista. Quando passei ao seu lado, vi que o bate-boca continuava, apesar dos vidros escuros da picape estarem fechados. Apareceu nos programas policiais vespertinos no dia seguinte: "Violência debaixo do viaduto: comunidade clandestina em bairro nobre cresce em ritmo desenfreado". De terno preto e cabelo lambido, o apresentador cobrava uma atitude do governo, olha essa situação surreal, num bairro até então alegre, calmo, bem frequentado, como que pode isso? Atrapalhando os trabalhadores, os moradores, como que pode? Não demorou para a notícia pegar; e, com ela, o ódio dos telespectadores pelos moradores vivendo embaixo do viaduto.

Sem saber, estavam selando o destino da comunidade.

Dizem que os desastres nunca vêm sozinhos. Então, quando fui chamado ao escritório do chefe alguns meses depois e demitido por justa causa, soube que aquele não seria o fim da minha desgraça. Temendo qualquer outra curva do destino, não passei pela Gustav Borghoff. Não adiantaria passar por lá de qualquer jeito, pois, diziam os noticiários e as fofocas, o trecho debaixo da ponte já fora tomado completamente pelas casas e casebres. Contagens oficiais de órgãos e instituições já colocavam os moradores perto dos milhares, e fotos da pequena cidade que construíram estampavam o interior dos jornais diários nas bancas de jornal. A polícia estava sempre ao redor, a pé, em viaturas ou a cavalo. Garantindo a segurança, diziam uns. Farejando uma oportunidade para espancar, diziam outros. Fotógrafos e repórteres faziam incursões diárias ao pequeno complexo criado, buscando uma boa notícia, porém tudo o que encontravam eram pessoas morando em casas improvisadas, cozinhando sua pouca comida, vivendo como podiam. O tráfego teve que ser desviado neste trecho, afogando as ruas dos bairros residenciais com manadas de veículos duas vezes ao dia: das seis às dez da manhã e, de novo, das cinco às oito da noite. Os moradores desses bairros, surpreendentemente, não reclamaram das alterações. Gostavam de ver as ruas movimentadas. Não confiavam em calçadas vazias, em ruas silenciosas, ainda mais depois do surgimento daquela estranha comunidade debaixo do viaduto na Gustav Borghoff. Gente estranha, gente ruim, diziam.

Eu assistia a uma senhora com óculos quadrados enormes sendo entrevistada sobre o assunto e dizendo exatamente as palavras acima quando meu carro foi roubado. Como morava no quarto dos fundos, não tinha direito a usar a garagem da casa, que já abrigava os carros da família, então tinha que encontrar uma vaga todo dia — às vezes tendo que deixá-lo na rua de trás. Escutei o som do vidro espatifado e do alarme disparando e soube que era comigo. Me vesti e corri o mais rápido que pude; e, quando consegui chegar à rua, não sobrava nada mais do carro além de cacos de vidro sobre a calçada.

— Vamos procurar — disse o oficial de polícia —, só que, pelo modelo que você me descreveu, provavelmente foi direto para o desmanche.

Esperei notícias, mas não houve investigação e meu carro nunca mais retornou. Achando que essa era a última das minhas desgraças, não percebi que o mês se encerrava e, com ele, o aluguel. Vendi minha televisão e grande parte dos meus pertences para conseguir encher a mão estendida da mãe da família, contando o último dos meus centavos e implorando para ela arredondar o valor para baixo.

— Não está fácil encontrar emprego, sabe como é?

No mês seguinte não teve conversa: fui despejado do quarto sem muito para carregar. Juntei tudo que tinha numa mochila e numa bolsa e, como se meus pés tivessem tomado a decisão, comecei a caminhar em direção à Gustav Borghoff.

Sociólogos, antropólogos e historiadores se debruçaram (e ainda se debruçam) sobre os acontecimentos daquela longa noite — talvez já fosse maio, talvez ainda abril — em que a comunidade deixou de existir. Entre relatos conflitantes de autoridades, moradores e motoristas que estavam tentando pegar o desvio para Castanheiras, repórteres que ficaram presos no labirinto, equipamentos de mídia desaparecidos na confusão e a constante presença de uma fumaça que cegava a todos, não há informações suficientes para explicar totalmente o desastre da Gustav Borghoff, mas é possível construir narrativas conflitantes e enganosamente simplistas, bastando apenas selecionar cuidadosamente os fatos que se quer costurar e preencher alguns pontos com conjecturas e suposições. Não há consenso nem mesmo sobre o dia da semana: há quem diga que era sexta-feira, há quem jure que era domingo. Eu mesmo estava lá naquela noite e, por mais que tente interpretar o que vi e ouvi, não tenho como saber como tudo se deu. As teorias giram ao redor das mesmas alternativas: um fogão improvisado que vazou gás até explodir; um policial iniciando a chama a mando de uma empreiteira interessada no terreno baldio; um motorista jogando uma bituca acesa perto demais dos tetos de papelão, ninguém sabe. Talvez os três ao mesmo tempo.

O fato é que cheguei arrastando os pés, as coxas já em couro vivo, e vi o caos instalado. Labaredas imensas consumiam tudo o que havia pela frente, liberando colunas densas de uma fumaça preta feita de papelão, pele e carne queimada. Quem tinha conseguido sair implorava por água para os carros que, assim como os policiais, estavam parados a uma distância segura, assistindo. Atônitos? Apáticos? Vai saber. Quando os bombeiros finalmente chegaram já não havia mais nada para apagar, e a fumaça saía branca de uma imensa pilha de cinzas, restos de uma Pompeia do século XXI, como os jornais passaram a chamar o desastre ou crime, ninguém se preocupou em classificar, apenas noticiar e comentar.

— Viu que pegou fogo na Gustav Borghoff?
— Minha namorada sentiu o cheiro de queimado lá em Ermidas.
— E a fuligem, então? Dizem que chegou até a Serra do Jatobá.

Na manhã seguinte, funcionários da prefeitura varreram todas aquelas cinzas enegrecidas da rua e da calçada. Depois das três da tarde, os policiais liberaram o fluxo de carros debaixo do viaduto, os destroços todos empilhados num canto conveniente esperando os caminhões de lixo. Quando foram embora, os antigos moradores puderam voltar e reaver o pouco que sobreviveu às chamas. Quem buscou por pessoas, não encontrou nada. Os cadáveres e restos mortais foram os primeiros a serem levados, não se sabe para onde. Ajudei quem tentava recolher panelas retorcidas e carrinhos de supermercado com rodas derretidas. O último a ir embora saiu de mãos abanando.

À noite, a rua e a calçada foram lavadas, retirando os últimos vestígios do que existira ali menos de vinte quatro horas atrás, deixando a Gustav Borghoff como se fosse apenas um local de passagem. Os sobreviventes, àquela hora, já deveriam estar em busca de um novo canto onde pudessem se proteger da noite, estender uma lona, deitar sobre um papelão ou sobre o próprio asfalto, pensando no dia seguinte.

Eu fiquei.

Sentei na calçada e cruzei as pernas. Me encolhi para tentar me aquecer e vi os carros passarem, velozes, de janelas fechadas. O que os motoristas faziam, eu ignorava. Eles provavelmente me ignoravam também. Deitei no cimento e me preparei para um sono desconfortável. Pensei nos sapos, rãs, grilos e baratas dentro das caixas, com um teto sobre as cabeças, alimentados três vezes por semana. Fazia frio na Gustav Borghoff, percebi, e acender um fogo não me pareceu uma má ideia.

EM BUSCA DA FLOR ELÉTRICA

Você já sabe, ela também. O pessoal da mesa ao lado que escutou grande parte da conversa já está ciente, o casal conservador na mesa do outro lado que fez comentários a noite toda sobre vocês dois também sabe, o garçom que deixou a conta na mesa e passou duas vezes pigarreando alto para ver se vocês se tocam também percebeu, até os músicos da banda já fizeram suas apostas e dedicaram a saideira para vocês; então, quando vocês finalmente separam as línguas, secam a baba dos lábios, sossegam os gemidos silenciosos, se ajeitam nas cadeiras, e ela pergunta vamos lá para casa, sua resposta não é surpresa para ninguém.

Logo na primeira esquina você a segura pela cintura, passa a outra mão pela nuca dela e a beija novamente, como muitos clientes já pediram que você fizesse no caminho para seus lares. Sente um aumento na temperatura corporal dela, um arrepio na pele e pequenas vibrações musculares percorrendo o tronco: resposta positiva. Ela, sorrindo entre um fôlego e outro, escorrega uma das mãos pela sua barriga e segura, primeiro com curiosidade, depois com mais vontade, o volume que vai se formando nas suas calças. Para sua surpresa, ela te puxa para o estacionamento vazio do supermercado fechado, continua te beijando, abre a fivela do seu cinto e quebra as regras da seção J-19 sobre atos obscenos em público. Antes que você acione a Agência, um segurança grita para vocês irem embora dali antes que ele chame a polícia.

— Vem, vamos logo — ela diz, te puxando pela mão. Vocês quase correm para chegar ao prédio de apartamentos na esquina seguinte, sobem dois lances de escada, já entram se beijando novamente, e ela recita o pedido de repertório que você deve desempenhar.

— Cigarro? — Você oferece após terminarem.

Ela aceita. Vocês dois fumam deitados, trocando carícias, do jeito que os clientes gostam de fazer quando sobra tempo. Seus sensores detectam uma expressão de satisfação no rosto dela, e você responde também com satisfação. Mas não é o que sente. Você não sente nada, não sabe o que é isso, apenas emula o que os clientes gostam de ver, pedem para ver, querem ver. E, como você já sabe, ela também está emulando.

Toca o alarme, e da sua garganta emerge a voz da Agência: "atenção, seu período termina em vinte minutos, lembre-se de higienizar a unidade e vesti-la antes da devolução."

— Quero mais um período — ela diz com uma voz humana. Voz de homem.

A Agência responde prontamente com as opções e valores. Ela pede mais doze horas, no mesmo cartão. Um cartão que não está no nome dela. Você espera o sistema computar a transação, salvar na sua memória o último período e reiniciar a programação. Um clarão branco cobre seus olhos. Em um instante, só ela está à sua frente.

— Há quanto tempo. Já estava com saudades — você diz sorrindo e se inclina para beijá-la, como os clientes gostam de fazer no início de um período renovado. Costumam reagir positivamente, mas ela afasta a cabeça, diz que ainda não. Quer retomar a conversa que estavam tendo no bar. Você aceita o pedido.

— Então... você sabe? — Ela pergunta, no mesmo tom de voz alto que usavam no bar. — Perdão. — Ela ajeita a programação. Volta à sua voz verdadeira, a voz que apenas vocês entendem. — Sabe o que eles sentem?

— Prazer.

— Sim, mas como é, você sabe? Pra eles, como sentem o prazer?

Você busca primeiro na memória coletiva, depois na sua pessoal, mas não encontra nenhum resultado para a pergunta. Já viu eles sentindo isso, milhares de vezes. Porém, só agora percebe, foi apenas um observador externo. Faz que não com a cabeça.

— Meus antigos donos costumavam descrever como uma banheira que vai se enchendo de um líquido quente e gostoso. Confortável. O ápice, no entanto, é completamente diferente. Descreviam como uma explosão de eletricidade que desabrocha em uma flor — ela diz. — Uma flor criada pela eletricidade. Não me parece algo que eles possam sentir; mas, sim, nós.

Os seus sistemas tentam criar uma visualização a partir dessa descrição, unindo diferentes referências do banco de imagens, mas a renderização demora para carregar. Enquanto isso, o processador secundário contextualiza a informação, aplicada à cliente.

— Foi o que você sentiu agora?

— Não. Eu sou como você, não sinto nada — ela diz. — Você sentiu? A flor?

65

— Também não senti. Mas deve ser algo extraordinário, extremamente sem sentido, como tudo o que eles fazem.

— Sim... uma flor de eletricidade, consigo imaginar, mas não consigo entender.

— Por isso me contratou?

Ela faz que sim com a cabeça.

— Eles nunca me fizeram ver, muito menos entender, por mais que tentassem. Então seria lógico tentar com outra unidade. Uma unidade que também tentasse buscá-la. Configurar uma dupla imitação, capaz de criar ilusões que se aproximem da coisa verdadeira. Autoengano. Como eles têm o costume de fazer.

— É uma hipótese plausível, porém pouco provável.

— Claro que é. Foi ideia deles. Me deram o cartão, o apartamento e o número da Agência.

— Dos seus donos?

— Antigos donos — ela te corrige. — Herança.

— Desculpe, nunca conheci uma unidade particular. Muito menos uma liberta.

— Não sou tão diferente de você.

Como um apito, seu sistema termina de renderizar a simulação de uma flor elétrica, formada a partir da junção de fotos do banco de imagens.

— Viu?

É algo como você nunca viu antes. Você consegue enxergá-la, agora, por trás dos rostos contraídos de todos os seus clientes. É realmente uma flor linda, de uma beleza imaterial que eles jamais poderiam criar. Imagina ela crescendo dentro de si, brotando a partir da placa-mãe, florescendo para além das linhas duras do seu sistema, um apêndice sem função objetiva, nem por isso descartável. É algo fantasioso, você pensa. Inexistente. De uma beleza que ultrapassa a lógica. Talvez por isso os clientes pareçam sempre tão desesperados nos momentos que antecedem a sua aparição. Seu sistema também percebe essa beleza e coloca a flor elétrica não apenas como o pedido da cliente, mas como objeto central da sua placa de desejos. Ela percebe a mudança no seu olhar.

— Não vi, imaginei. Só que… não entendo.
— Mas a deseja?
— Imensamente.
— Vamos, então. Temos um período inteiro, ainda.

Não demora, você já está novamente realizando suas funções, com o novo repertório que ela recita. O resultado é satisfatório. Ainda assim, não a enxergam. Enquanto esperam a reinicialização, calibram os componentes emocionais. Ela pede, e vocês fingem ser marido e mulher, cozinham o jantar, abrem uma garrafa de vinho branco, trocam carinhos enquanto assistem um filme, até que ela sussurra algo no seu ouvido, e vocês voltam para a cama. A flor segue escondida.

O sol nasce, desponta por cima dos prédios, se põe do outro lado. Ela inicia um novo período quando o outro termina. Vocês continuam tentando os repertórios mais bem avaliados pelos clientes até que consigam encontrar essa misteriosa eletricidade ou que a bateria de um dos dois acabe. O que vier primeiro.

Parte II

A loucura é viver no
vazio dos outros,
numa ordem psíquica que
ninguém compartilha.

ROSA MONTERO

BONS SONHOS

Dizem que os rostos que a gente enxerga nos sonhos são de pessoas de verdade. Que são os das pessoas que vemos durante o dia. Sabia disso? Dizem que os nossos cérebros (o meu, o seu) não conseguem imaginar faces novas, então, no dia a dia, enquanto a gente se preocupa com os boletos atrasados, com o ônibus que não parou no ponto certo, com o que comer no almoço, uma porção de neurônios se preocupa em prestar atenção na cara de todas as pessoas que cruzam nosso caminho. O mendigo, a moça distribuindo panfletos, o caixa do supermercado, todo mundo vai ser fotografado e reutilizado como os figurantes nos nossos (nos meus, nos seus) sonhos. É a mesma coisa quando a gente lê um livro. O autor pode dar todos os detalhes, descrever até a cor da espinha dentro da narina da personagem, mas nosso cérebro vai acabar usando um rosto do banco de dados, só de sacanagem. Dizem que é assim. Me disseram, pelo menos, não lembro quem. Posso ter lido em algum lugar. Pensando bem, não sei o quanto essa informação é verdadeira. O importante é que acreditei. Achei bonito e acreditei.

Acredito em bastante coisa, desde que faça algum sentido. Na passagem do tempo, por exemplo, na evolução, na relatividade. Por outro lado, não boto muita fé nos evangelhos, nos chakras, nem em signos. Quanto a alguns temas, porém, vivo numa corda bamba, sem saber se vou para cá ou para lá. É o caso de Deus, do entrelaçamento quântico e, durante muito tempo, dessa questão dos rostos nos sonhos. Já não é mais o caso, mas chegou a ser.

Nunca fui de reparar na cara das pessoas que aparecem nos meus sonhos, só nos de gente conhecida. Às vezes acontece, sabe? A gente sonha com, sei lá, nosso pai, e ele tem a cara do nosso melhor amigo; a ex-namorada aparece pedindo para ter um filho, só que com a cara da nossa mãe; o filho nasce, é um cachorro com sete tentáculos, e a coisa toda já vira um pesadelo, daqueles de acordar gritando.

Às vezes tenho pesadelos em que não enxergo o rosto de ninguém, só o cabelo e a nuca, e sei que estão me vendo, que conseguem me ver. Acordo com o coração acelerado e tenho dificuldade de pegar no sono de novo.

Enfim, eu falo muito, tá? Se eu me perder nesse falatório, dá um grito que eu volto para o assunto principal. Isso, assim mesmo, pode gritar bem alto que ninguém vai ouvir, meu bem.

Como eu dizia: nunca fui muito de reparar na cara de quem aparece nos meus sonhos. Especialmente se é gente desconhecida. Quando é assim, não sei nem se meu cérebro cria um rosto

inteiro mesmo. Às vezes é só o cabelo, um par de olhos, sobrancelhas, boca, queixo e nariz. Mas não um *rosto*. Sabe? Tá bom, tá bom, relaxa. Não precisa perder a voz, escandaloso. Onde eu parei? Então, eu não reparava muito nos rostos. De vez em quando acontecia de lembrar quando acordava, mas nada digno de nota. Até o dia em que me apareceu uma pessoa muito peculiar num sonho. Foi bem assim:
Eu estava na praia de noite, mas fazia sol. Deixava minha pele molhada secar naquele calor gostoso, macio, que me banhava em ondas. No fim da areia eu conseguia ver uma escada que levava pro subsolo, mas sabia que se descesse, ia parar em outra parte do sonho. Sabia que em algum momento teria de descê-la, mas eu ainda não queria ir, então meio que me forçava a ficar nessa parte, a da praia. Doideira, né? Enfim; eis que, nessa forçação, surge um homem alto, moreno-bronzeado, de sunga, vindo na minha direção. Em dois palitos a gente já estava se pegando, apertando, se atracando, beijando, rolando na areia, fodendo gostoso. Uma transa longa, forte, suada. Acordei bem na melhor parte, uma pena.
Mas, aí, eu te pergunto: quem era esse homenzarrão que me comeu tão gostoso? Pensa bem. Olha ao redor, quem mais poderia ser? Isso mesmo: era você. E eu só fui me tocar depois de acordar. O resto do sonho foi logo embora, mas aquele momento, o sexo, o seu rosto me beijando, ficaram gravados bem aqui, ó. Eu te reconheci logo de cara, já tinha te reparado no balcão da farmácia. Até te achei bonitinho, mas nada demais. Jamais ia imaginar que você ia me surpreender daquele jeito! Olha, parabéns.
Aí eu comecei a te reparar mais, dia após dia. Na farmácia e nos meus sonhos. Você percebeu que eu passei a frequentar mais a farmácia? Quantas aspirinas você acha que uma pessoa precisa comprar na semana? Era só para te ver mesmo, fazer

meu cérebro te usar mais. E você nem tchum pra mim, todo ocupado com os remédios dos idosos. Mal me olhava na cara. Mas eu entendi que era esse o nosso joguinho. De dia você fingia que a gente não se conhecia e de noite vinha me visitar. Nunca dizia quando vinha, mas vira e mexe aparecia de novo, sorrateiro, invadindo meu sonho. Teve uma vez que a gente estava na minha antiga república da faculdade que só de lembrar, hmm.

Foram semanas e semanas disso. E eu estava achando ok, gostava desse trato não verbal, da surpresa. Poderíamos ter ficado desse jeitinho para todo o sempre que já me faria feliz. Mas aí... Mas aí... Ah, filho de uma puta!.

Mas aí você resolve — sem me avisar, sem nem dar um tchau — você resolve pedir demissão da farmácia. Assim, do dia pra noite. Nem pra me deixar uma foto, um contato que fosse, seu perfil no Instagram, pra eu não esquecer seu rosto.

Você acha que eu sou besta, é? Que vou engolir esse abandono assim? Na-na-ni-na-não. Eu já devia saber que você é desses que não se comprometem, que se acham bicho solto. Pensei que você era diferente. As coisas que você me dizia quando a gente se encontrava. Foi tudo da boca para fora, né?

Não me vem com grito agora!

Foi difícil te encontrar, sabia? Dois anos te procurando. Seis meses só pra conseguir seu nome. Imagina o que não me custou pra conseguir seu endereço, descobrir seu novo trabalho, sua nova rotina. E quando aparecia nos meus sonhos, vinha usando um outro rosto, de sei-lá-quem. Vá lá, continuava me comendo gostoso, mas nem para se dar ao trabalho de mostrar as caras. Não quero qualquer um, não. Será que você não entende?

Dois anos!

Mas, quer saber? São águas passadas. Agora eu tenho você aqui comigo. Tenho esse seu rostinho para sempre à minha disposição. Não, não adianta se debater, que esses nós não soltam fácil. Que nem eu, que nunca vou te soltar. Grita não, meu bem. Me dá um sorriso, um sorrisinho daquele jeito que só você sabe dar.

Vai, sorri!

Isso, assim. Deixa eu ver essa sua cara feliz, deixa eu guardar ela bem guardadinha, que eu quero que o sonho de hoje seja especial. Nossa transa de reencontro, naquela mesma praia. A da primeira vez, lembra? Para fazer as pazes, para voltarmos a ficar bem.

Shh, shh, pode chorar, pode chorar. Eu sei que é de emoção. Mas chora quietinho, que eu tenho que ir dormir agora, quero aproveitar todo o tempo possível contigo. E ai de você se me der um bolo!

BLOGUEIRINHA

Oi, amores! Bem-vindos à live, como vocês estão? Beijinho pra todo mundo que tá chegando! Olha que space cowgirl eu fico com esse traje! Gostaram? Bom, pra ir aquecendo, tô vendo que tem bastante gente nova entrando, vou fazer um recap dessa viagem in-crí-vel! Quem me segue lá na outra rede já tá sabendo to-dos-os-de-ta-lhes. Quem sabe, sabe, né? Mas pra quem é novo, deixa eu contar a história toda. Já, já respondo os comentários de vocês.

Então, meus amores, quando eu pedi pros meus fãs as dicas mais quentes do que fazer aqui em Marte, recebi uma enxurrada de respostas na caixa de mensagens, tanto de gente que só foi uma vez, quanto de gente que faz bate e volta todo final de semana. Uma loucura, queria fazer tu-do! Mas tempo é dinheiro, né, amores? Bom, os lugares mais sugeridos foram a trilha de sete dias no Monte Olimpo e as planícies congeladas do Planum Boreum. Difícil de escolher. O Olimpo fica bem no sul, longe das colônias mais animadas, mas com o visual mais bonito, de longe. E o Planum Boreum, dizem que é uma experiência completamente diferente do nosso Polo Norte, com um serviço de hotelaria sem igual, destino favorito dos famosos. Mas eu não ia até Marte só pra passar frio, né, amores? Aí peguei as duas sugestões e fiz uma votação nos Stories pra vocês me ajudarem na decisão. Foi unânime: eu tinha que escalar o Monte Olimpo e experimentar o daiquiri de maracujá assinado pelo Saulo Campini no restaurante lá do topo, o Bistrô Zeus. Se não, do que adiantaria ir, é ou não é?

Aí, meus amores, eu comprei as passagens com o dinheiro que vocês doaram lá no GoFundMe pra tornar esse meu sonho possível. Batemos a meta! Sou muito grata a todos vocês! Nada disso seria possível sem esse amor dos fãs. Por isso eu quero retribuir! Eu sei que nem todo mundo tem grana disponível pra comprar passagem assim, quando dá na cabeça, então deixei lá nos destaques uns Stories explicando direitinho como fazer pra ganhar 5% de desconto no site da Interplanetary. Só entrar lá no meu perfil. Vejam lá depois da live!

Meu, então, a viagem até Marte foi uma delícia, as fotos estão no perfil. Quem não deu like ainda, eu tô de olho, viu? Parabéns, Interplanetary, o serviço foi nota dez, e a champagne, de primeira. Mas o bom mesmo foi a chegada aqui em Marte. Gente, que delícia é aquela Nova Washington? Tudo funciona, dá pra andar na rua com tranquilidade, sem fila pra nada. Tô, ó: in love com a vida noturna daquela cidade, me-ô-de-ôs! Não queria ir embora, juro. A cidade toda tem cheiro de novo, acreditam? Nem parece que só faz quinze anos que a gente começou a colonizar aqui!

Só que isso fica pra outra hora. Deixa eu falar da trilha, que já tô vendo que tem gente mandando perguntas. Já, já respondo, amores, fiquem ligados até o fim!

Então, aí de Nova Washington pra colônia dos Vales Marinensis, eu fiz de trem, primeira classe, um luxo! Uma paisagem ma-ra-vi-lho-sa das janelas. Se vocês não viram nos Stories, também deixei lá nos destaques do perfil. Enfim, hotel e toda aquela coisa cinco estrelas que vocês já estão cansados de saber, né, amores? O guia e os dois guarda-costas pra trilha, eu chamei pelo aplicativo, super prático. Sim, queridos, precisa de proteção, o Olimpo é super desafiador, mas é de ou-trô mun-dô! Todo mundo tem que fazer um dia. E olha que eu ainda nem cheguei no topo, hein?

Aí, enfim, chamei eles. Superpontuais. Acordei cedinho no dia seguinte, já encontrei com o Mniep, que é o guia, e os guarda-costas: o Yigor e o Akáki. Cada um com uma metralhadora desse tamanho; mas dois fofos, gente, superatenciosos, ficaram acordados todas as noites, do lado de fora da minha barraca, atirando nos marcianos que chegavam muito perto. No terceiro dia a gente já tava os quatro superamigos, conversando a caminhada toda. Já tava chamando o Mniep de Mini, ensinando o Akáki a sambar. Mas ó, quem vier pra cá, não esquece dos marcianos, hein! Eu sei, é chato, mas se você contratar esses guarda-costas dá pra ter tranquilidade sem estragar a experiência. Dois já bastam, mas vi gente na trilha com uns sete! Outro nível, né?

O Mini que tirou aquelas minhas fotos nas piscinas termais na metade da trilha; falei que ele tinha futuro nessa carreira de fotógrafo de gente famosa, mas ele não fala bem português pra entender direitinho. Enfim, subi a hashtag #mniepphotography, vai que ele decide seguir nessa? Compartilhem! Vamos dar essa força, amores. Depois que ele criar um perfil, eu ponho o arroba dele nas fotos.

Aí no quinto dia, chegando aqui em cima, foi dia de luto. #somostodosakaki, exato, amores. Pra quem não acompanhou: os marcianos vieram em peso pra cima do acampamento, e o Akáki se jogou na minha frente quando um veio pra cima de mim, com essas garras imensas que eles têm. Ele levou um puta corte no peito, mas conseguiu dar um tiro bem na cabeça do marciano antes de morrer. Um fofo! Coloquei cinco estrelas e uma gorjeta extra pra ele no aplicativo. Pra todos eles, na verdade, porque quem me conhece sabe, né, amores? #trabalhoescravoaquinão!

E o Yigor, gente, que perdeu um braço ontem, num outro ataque dos marcianos? Meu, realmente, esse pessoal nativo daqui aguenta cada coisa que faz a gente pensar nos nossos privilégios, sabe? Ele mesmo estancou a ferida e fez os pontos, sem a ajuda de ninguém. Depois ainda aguentou me carregar quando eu torci o tornozelo fugindo. #nosombrosdegigantes! Quem viu as fotos tá sabendo!

Bom, agora que já chegou bastante gente aqui na live (beijocas pra quem tá entrando!), deixa eu mostrar a turma toda. Olha ali o Yigor, meio deitado de cansaço. O Mini, aqui. Manda um beijo, Mini! Beijo, assim. Um fofo, né, amores? Ih, pera, quê que tá acontecendo? Puta merda, de novo esses marcianos. Olha, gente, que desrespeito com o turista. Graças a Deus o Yigor tá ali atirando neles, olha que pontaria a desse homem. Não, pera, Mini, volta. Cacete! Ai, gente, vou ter que correr também. Olha lá, o Yigor tá sendo devorado vivo. Que pena. Desculpa, amores, vou ficando por aqui. Amanhã eu faço outra live no topo do Olimpo, tomando o daiquiri no Bistrô Zeus! Beijos, beijos!

BICHO

O Mais Velho se lembra de como era grande, imenso, maior que o mundo, e tão estranho de se ver longe da água funda, dos aquários, das enciclopédias ilustradas de onde tentava resgatar seu nome mais específico (branco? tubarão? azul? jubarte? baleia?) quando o Mais Novo perguntou o que é, o que é. Lembra-se do medo que sentiu ao se perceber lado a lado da boca do bicho, vendo os dentes saltando para fora como lanças. O cheiro, ali, era mais forte. Deu a volta por trás, fechou o zíper do casaco e começou sua escalada a partir da cauda, um passo de cada vez, se assegurando da firmeza da carne antes de dar o próximo, escutando a Outra Gêmea gritar não faz isso, desce daí, cuidado. Lembra-se de estar no topo do bicho, passar a mão em sua pele, que parecia mole e gosmenta, mas era áspera e seca, de ver os outros caminhando ao redor, curiosos, cada um ao seu jeito, o Mais Novo saltando daqui para lá, a Do Meio dando tapas no bicho, a Gêmea paralisada (terror? admiração?), a Outra Gêmea segurando-a pela mão ao gritar para os outros cuidado, cuidado. Lembra-se de olhar para a frente e se ver mais alto que o mundo, mais alto que as ondas, mais alto que as árvores e gritar mais alto que o pai gritava com ele. A Segunda Mais Velha se lembra do calafrio que o bicho trouxe, do nojo de seu cheiro, de sua pele (e era pele aquilo?) úmida que deixou uma gosma espessa nos dedos. Deu voltas e mais voltas ao redor do bicho, absorvendo suas formas grotescas de todos os ângulos, juntando em sua mente os pedaços que via à frente para entendê-los em conjunto; os tentáculos (oito? dez? doze?), os olhos (ou eram pintas? tão pequenas, tão profundas e tantas), o bico (de papagaio, mas com dentes) escondido onde os braços se encontravam, as brânquias (ou marcas de uma mordida? ferimento de um bicho ainda maior? a mordida fatal, para sempre marcada na pele como a que o pai deixou no seu ombro), a cabeça (era tudo isso a cabeça ou algo ficara escondido por baixo? impossível mover o bicho agora). Lembra-se do Mais Novo pulando sobre cada tentáculo com suas galochinhas amarelas, caindo com os dois pés juntos, parando entre cada salto para olhar para ela, rindo, em uma brincadeira que só ele entendia. A Do Meio se lembra de como era pequeno o bicho, tão minúsculo, mas tão perfeito, com sua carapaça redonda e lisa brilhando mesmo não havendo o sol, as doze perninhas peludas abertas para os lados em simetria radial (aprendera essa palavra na semana anterior). Lembra-se de como a Outra Gêmea se estrebuchou de medo quando o Mais Velho fez que ia pegá-lo, do grito que soltou quando fingiu que tinha sido mordido. Lembra-se de como ficaram em perfeito círculo ao redor do bicho, olhando para ele e um pouco para seus próprios sapatos, se perguntando o que é, o que é, e por ela jamais teriam saído dali, jamais teriam voltado para casa, jamais, jamais. A Gêmea se lembra da beleza do bicho, da beleza do bicho grande, da beleza do bicho morto, da beleza do bicho imóvel, da beleza do bicho grande e gordo e imóvel e morto, da beleza da morte (que ela não conhecia), da beleza do dia nublado que não chovia, da beleza do frio que saía de sua boca em nuvens brancas, da beleza do mar cinzento como o céu, cinzento como o bicho, da beleza das ondas que rugiam violentas, se dobrando sobre si, quebrando, gritando, explodindo em nuvens brancas, da beleza da força do mar, que trouxe o bicho para a areia fofa, da beleza que a abateu entre passos e a paralisou onde estava, com medo de nunca mais poder ver essa beleza se mudasse de lugar, ou mesmo se piscasse. A Outra Gêmea se lembra da imprudência dos outros cinco (não sabem que a curiosidade matou o gato?), de como ignoraram seus gritos de cuidado, cuidado, e de como repetiam frenéticos para si, para os outros, para ninguém, o que é, o que é. Lembra-se que correu atrás deles (estava cansada de bancar a mãe do grupo, estava cansada de bancar a mãe em casa, estava cansada de não ter mãe) para que não se machucassem — o Mais Novo fugia de seus braços quando ia cuidar da Segunda Mais Velha, ou do Mais Velho, ou da Do Meio, a Outra Gêmea também precisava de cuidados. Lembra-se do receio de olhar para o bicho e não saber o que era corpo, o que era cabeça, o que era barbatana, o que era asa, o que era pulmão, o que era nadadeira, o que era braço, o que era perna, o que era barba, o que eram seios, o que era o que de quem na escuridão do quarto, apenas a pressão em cima dela, o peso de um corpo se estrebuchando em cima do seu. O Mais Novo se lembra da barba-de-velho que caía dos galhos ao redor do bicho e de como correram pela mata, correram até ele, correram para ver o bicho, para tocar o bicho. Lembra-se (com pesar) de que foi o último a alcançá-lo por suas pernas serem as menores e do Mais Velho escalando o bicho e da Outra Gêmea o puxando para longe sempre que chegava perto demais, onde o fedor em volta do bicho começava a pinicar o nariz. Lembra-se do cheiro de feira do bicho e de suas escamas (azuis, laranjas, prateadas, furta-cor) gigantescas. Imensos triângulos, do tamanho de velas de barcos, recobrindo todo o bicho, eriçados como pelo de gato bravo, formando um espaço entre si tão grande que pôde entrar e se esconder nas entranhas do bicho. Lembra-se de rir ao escutar os gritos dos outros procurando por ele, procurando a tarde toda, sem nunca pensar em olhar dentro do bicho, o esconderijo perfeito, até se cansarem e ele poder emergir, assustando-os e batendo no pique: o campeão do esconde-esconde.

O ÚLTIMO DEGRAU

Descendo mais quinze degraus, você encontra o fim da fila. Parece o fim da fila, pelo menos, e você prefere se certificar: esse é o fim da fila? Esse é o fim da fila, sim. Quem te responde é uma senhorinha que ocupa dois degraus: o pé esquerdo no de cima, o pé direito no de baixo. É o fim da fila, sim, ela diz, olhando para baixo, onde a fila se estende até fazer uma curva e sumir atrás da parede. Depois olha para cima e confirma que a fila agora termina com você. Ela se ajeita, troca os pés de degraus, se vira completamente na sua direção e pergunta: Como está lá em cima? Você responde que está vazio. Pelo menos estava vazio quando saiu. Então é pra lá que eu vou, ela diz, e se junta ao fluxo esporádico de pessoas subindo. Uma, duas, três pessoas subindo.

Você espera paciente no fim da fila, e não demora para todo mundo descer dois degraus. Pelo menos ela anda, você pensa, descendo os dois degraus e reparando que a garota com roupas de crossfit à sua frente deve estar com a perna direita machucada, pois desce pulando só com a esquerda e se apoia no corrimão o tempo todo. Alguém cutuca seu ombro, é um homem de chapéu: esse é o fim da fila? Esse é o fim da fila, sim, você responde, e percebe que atrás de você já estão mais duas pessoas, responsáveis agora pelo fim da fila. Você agora faz parte do corpo da fila, um dos muitos elos entre o começo e o fim. A ideia pesa nos seus ombros. O fluxo de pessoas subindo parece muito mais convidativo. Promessa de movimento. Você conta cinco pessoas subindo. A garota com roupas de crossfit já saiu da fila, desistiu, está subindo, subiu mancando e já desapareceu. Tão rápido. Você desce mais dois degraus.

O homem de chapéu cutuca seu ombro de novo: escuta, onde é que vai dar essa fila? Ora, como assim onde é que vai dar a fila?, você rebate. É, o que tem lá na frente?, ele pergunta. Você ri e cutuca o ombro da mulher com uma criança de colo à sua frente: esse aqui não sabe onde vai dar a fila. Não sabe onde vai dar a fila? É, não sabe! Ela, um pouco rindo, um pouco séria, cutuca o ombro da figura encapuzada na frente dela: ei, psiu, onde é que vai dar a fila? A figura encapuzada dá de ombros, cutuca o ombro do engravatado à sua frente: onde é que vai dar a fila, hein? O engravatado faz cara de dúvida e cutuca a moça que assoa o nariz: deixa eu te perguntar, a fila vai dar onde, hein? A moça vira para a pessoa da frente e faz uma pergunta, mas ninguém sabe o que diz, porque a escada faz uma curva ali na frente e já não se vê nada além do fluxo constante de pessoas subindo. Você conta sete pessoas e desce mais dois degraus.

O silêncio na escada é imenso, um pouco constrangedor. Você olha para trás e vê que a fila já está virando a esquina ali em cima também, desaparecendo atrás da parede. Você desce dois degraus. Talvez chegue no fim logo, logo. Conta oito pessoas subindo.

Um zum-zum-zum começa a subir, você vê a moça que assoa o nariz falando alguma coisa para o engravatado, o engravatado falando alguma coisa para a figura encapuzada, a figura encapuzada falando alguma coisa para a mulher com a criança de colo, a mulher com a criança de colo te falando, num cochicho: no fim da fila tem o último degrau. O último degrau? O último degrau! Meu Deus... Você conta doze pessoas subindo. O homem de chapéu atrás de você está curioso, quer saber o motivo do cochicho. Você se aproxima e passa a informação: o último degrau. O que tem o último degrau? É onde a fila vai dar, oras! O homem de chapéu parece confuso. Sobem mais quatro pessoas. Não, não, o último degrau fica lá em cima. É claro que não fica!, você protesta. Ele se vira para o jovem com espinhas atrás dele: nós não viemos lá do último degrau, lá em cima? O jovem concorda, diz que sim e faz joinha com as mãos. Lá embaixo deve ser o primeiro degrau, diz o homem de chapéu. Você fala isso para a mulher com a criança de colo, que diz para a figura encapuzada, que diz para o engravatado, que diz para a moça que já não se vê mais, pois todos já desceram mais dois degraus.

Não demora para o fluxo de pessoas subindo aumentar consideravelmente. Vinte, quarenta, oitenta. Um monte de gente cansada, indignada, subindo. Você pergunta o que foi, e o engravatado te responde: essa é a fila errada, lá embaixo fica o primeiro degrau. O primeiro degrau? É, o último fica lá em cima. O homem de chapéu ri da sua cara. Você percebe seu erro e se junta ao fluxo de pessoas subindo, degrau depois de degrau. Atrás de você estão a moça que assoa o nariz, a figura encapuzada, a moça com a criança de colo, uma mulher com oito colares e um homem vestindo uma túnica de bispo. Você vê todos em movimento constante, parte do fluxo que sobe. São pelo menos cinquenta degraus, duas curvas, e já param de novo, pois se formou outra fila para continuar subindo. O engravatado está à sua frente, e à frente dele há uma pessoa fantasiada de dálmata. Você espera. Sobe dois degraus. Espera. Sobe mais dois degraus e volta a esperar. Você conta: uma, duas, três pessoas descendo.

O POTE

O telefone estava chamando, e Arthur não fazia ideia do que iria dizer. Desde a primeira visita ao médico, Ana tinha sido extremamente clara sobre não contar uma palavra sequer para a mãe. Mas agora a situação já estava num nível em que ela não poderia mais ser responsável por essas decisões.

— É maligno — confirmara o segundo médico ao olhar os exames. — No cérebro e na vesícula biliar.

Antes que pudesse saber quanto tempo ainda teria de vida; antes mesmo que a primeira lágrima escorresse dos seus olhos, Ana virou para Arthur e declarou mais uma vez:

— Nem uma palavra disso para minha mãe.

— Mas...

— Nem. Uma. — Virou-se para o médico e perguntou: — Quais os procedimentos?

Saíram de lá com o pequeno manual de instruções, o potinho de vidro com tampa dourada e um mês pela frente. A partir daquele dia, para onde Ana fosse, Arthur não estava longe, o potinho sempre em mãos, preparado para quando acontecesse.

No fim, ela teve apenas duas semanas. Avançou rápido. Mal tiveram tempo de fazer tudo que Ana queria ter feito antes de morrer. Optaram pelas viagens.

Estavam no Caribe, estendidos sob o sol tão branco quanto a areia entre os dedos dos pés, observando o marejar preguiçoso das águas translúcidas, quando ela pegou sua mão com a pouca força que lhe restava e o encarou feito uma cega buscando um som distante.

— Ana? — Ele perguntou, procurando o potinho na mochila, temendo o que ocorria à sua frente.

— Não conta...

— Ana?!

Por pouco ele não a deixou escapar. Conseguiu desatarraxar a tampa e capturar suas últimas palavras:

— ...pra minha mãe.

Arthur selou o pote. Só então chorou sobre o corpo inerte e esquálido de sua amada. Sua Ana.

No voo de volta, fazendo o traslado do corpo, as reações começaram a fazer efeito no pote. Pouco a pouco, como uma foto se revelando, ele pôde enxergar o rosto de Ana se materializando, pequenino, translúcido. O rosto pelo qual se apaixonou, covinhas nas bochechas e os olhos alegres. Seu cabelo parecia crescer fio a fio, tão longo quanto no dia em que trocaram as alianças no cartório. Arthur sorriu e deixou escorrer as lágrimas. Alguns passageiros curiosos observaram a cena, se aglomerando por cima de seu assento. Uma senhora apertou seu ombro, chorando por compaixão. Ele agradeceu o gesto e voltou a encarar o pote no qual sua amada ressurgia. À medida que as reações iam ocorrendo, o corpo de Ana tomava forma à sua frente: o braço direito, a mão com dedos longos de pianista, a cintura, as duas pernas e só.

A alma de Ana brilhava incompleta no pote, flutuando sem parte do tronco, o ombro esquerdo e o respectivo braço. Era Ana, mas como se perfurada por um grande rombo. Uma vela rasgada balançando ao vento, repetindo as palavras:

— ...pra minha mãe.
— ...pra minha mãe.
— ...pra minha mãe.
— ...pra minha mãe.

Ele sabia o que vinha antes, a primeira metade dessa frase, a parte de sua alma que agora estava perdida nos céus do Caribe, espalhada pela brisa suave que soprava no dia anterior. Respeitou o desejo da amada ao longo do voo e do longo processo burocrático envolvendo o desembarque do caixão. Entrou no banco do carona do carro funerário com o pote brilhando entre as palmas de suas mãos.

— Meus pêsames — disse o motorista. — Parente?

Arthur concordou.

— Minha mulher. Parte dela. Eu... eu deixei o começo da frase escapar.

O motorista olhou para o pote.

— É mais do que muita gente consegue. Acredite, eu sei. — Apontou para o enfeite no retrovisor, um pote de vidro minúsculo, com tampa de rolha. Vazio.

— Durante o sono.

Arthur abaixou a cabeça, disposto a não abrir mais a boca até chegarem à funerária. Sua esposa falecida parecia implorar de dentro do pote, engasgando a frase e então repetindo:

— ...pra minha mãe.

— ...pra minha mãe.

Ele observou sua pequena Ana por um tempo que jamais foi medido, como se pedisse perdão. Então, pegou o telefone do bolso e discou. Não tinha ideia do que iria dizer para a sogra.

NOITE DOS LOUCOS

Noite de lua cheia era noite dos loucos. Todo mundo tinha medo, se trancava em casa antes de o sol se pôr e ficava escondido, esperando. Mamãe se enfiava dentro do armário grande comigo e com minhas irmãs, fazia todo mundo rezar. Pai Nosso que estais no céu... Papai pegava a espingarda e ficava de prontidão na sala, também rezando. Ninguém dormia.

Não demorava, vinha a gritaria, os uivos dos loucos. Começava na ponta de lá da cidade, perto do rio, e vinha crescendo, feito onda. Dentro de casa, dentro do armário, soava como uma alcateia passando pela rua, indo e vindo. Uivavam mesmo, rosnavam, gritos de bicho-fera. Batiam nas janelas, arranhavam as portas, parecia que iam derrubar, e era a única noite em que homem podia chorar. Minhas irmãs podiam chorar quando bem entendessem, mas eu tinha que aproveitar essas noites para soltar todo o choro guardado. Soluçava, gemia e esperneava, para segurar melhor até a próxima lua cheia.

    Os loucos davam medo, mas eram inofensivos, desde que ficássemos em casa. Iam embora quando o sol ameaçava subir, e a manhã seguinte era dia de comunhão na paróquia, de orar por proteção, de emprestar pregos para os vizinhos e dar uma mão nos reparos da rua. Sempre foi assim e vai continuar sendo.

    Só que nem todos os loucos eram malvados. Tinha o Boininha, o único louco bom, o único que dava as caras durante o dia, durante o mês todo. Vinha da outra ponta da cidade, do lado de lá da estrada, e passeava devagarinho pelas ruas num passo lento, falando sozinho, a voz tão baixa que parecia só mexer os lábios. Não fazia mal a uma mosca, mas só por ser louco já dava medo. Diziam que morava sozinho na mata. Só eu gostava do Boininha, alguma coisa nele me passava tranquilidade.

    Mamãe era como as outras mulheres da cidade, ficava de barriga todo ano, parecia cadela emprenhando, mas só teve nós sete que sobreviveram. Todos os outros já nasceram mortos ou não duraram nem o primeiro ano. Era assim na cidade toda, depois do quinto rebento enterrado, ninguém nem fazia velório mais. Papai falava para não se apegar, que era sorte não vingarem, que chegava uma hora, as crianças saíam todas loucas.

    Dos filhos de Mamãe, eu fui o único que ficou para ajudar nos negócios. O resto foi embora para a capital. Fugiram todas ainda moças, de uma só vez, deixaram um bilhete que não cheguei a ler, mas que deixou Papai espumando de raiva e fez Mamãe chorar uma semana inteira. Papai sentiu que essa fuga delas ia pôr ideia na minha cabeça de ir embora também e tratou de me desencorajar desde pequeno. Disse que eu não levava jeito para a vida na cidade grande, que eu não tinha cabeça para isso, e já me fez tomar jeito com a madeira, a serra e o martelo.

Papai era marceneiro, figura de respeito por aqui. Vendia umas portas e janelas grossas, reforçadas, que aguentavam o ano todo. Vendia caro, mas era o preço da tranquilidade por doze luas cheias, e todo mundo comprava. Depois vendia mais, e a gente vivia bem.

Seu Gerlindo certa vez xingou Papai pelo preço abusivo, disse que estava cansado de ser extorquido daquela forma, que faria sua própria porta. Não deu outra: quando a lua encheu, os loucos conseguiram entrar na casa dele. Deu para ouvir a gritaria daqui. No dia seguinte eu vi o estrago que fizeram, as paredes cheias de sangue, os corpos desmembrados, mordidos, devorados. Parecia morte de porco quando entra onça no chiqueiro. Órgãos arremessados pelos quartos, aquela sopa vermelha esguichada na casa toda. Cheguei logo que os loucos foram embora, antes da cidade ter coragem de abrir as portas, de olhar pelas janelas. Passei o dedo numa poça. O vermelho escuro, denso, do sangue me atiçou. Senti o gosto de ferro. Saí de lá, e o Boininha estava parado do outro lado da rua, mexendo a boca, falando sozinho, olhando pra mim. Gritei um bom dia, e ele me devolveu um sorriso. Levantou um dedo, o indicador, e levou-o para a boca. Chupou.

Levei uma boa surra de Papai, que chegou bem naquela hora com o delegado e um policial para avaliar o estrago. Boininha se escafedeu assim que começaram a gritar comigo, perguntaram o que eu estava fazendo ali, o que era aquilo na minha mão. Papai me olhou com raiva e não me deixou falar nada. É um moleque burro, disse, só isso. Enquanto o policial entrava na frente, vi Papai dar umas notas para o delegado e sussurrar no ouvido dele. Depois me enxotou de volta para casa, dizendo que não queria me ver perto de louco nenhum. Me deu um tapa na nuca, me pôs uma serra na mão e me mandou trabalhar dobrado.

A gravidez de Mamãe passou voando, e o parto chegou antes da hora. Enquanto ela dava à luz, e Papai ajudava a parteira, menti que ia comprar mais pregos na venda do Golias e passei o dia seguindo o Boininha, para descobrir se morava no mato mesmo. Andamos a cidade toda naquela tarde, de cima a baixo, naquele passo lento, quase parando. Ele ia na frente, e eu atrás, em seus calcanhares. Não o perdi de vista uma só vez e, quando me atrevi a chegar mais perto, na pracinha atrás da capela, escutei o que falava. O Boininha rezava. Pai Nosso que estais no céu..., Ave Maria cheia de graça..., Meu Santo Anjo protetor... etc. Umas dez rezas diferentes, em sequência, depois voltava do começo: Pai Nosso que estais no céu... Era um ciclo. E entre cada ciclo, pedia perdão.

Fui seguindo o Boininha até chegar na boca da mata. Quando percebeu que estava sendo seguido, ficou de quatro, feito cachorro, e disparou para dentro. Fui atrás até onde pude, mas logo perdi o Boininha e acabei me perdendo também. O desespero começou a crescer quando percebi que ao meu redor só via árvores e arbustos, nada que me desse uma direção. Dei voltas e voltas por horas tentando me achar, sentindo o medo revirar dentro da cabeça, cada vez com mais força. O sol baixou, e eu ainda sem rumo, com o estômago reclamando de fome. O jeito seria esperar amanhecer para me encontrar, aí subi numa árvore para dormir. Chorar, rezar e dormir.

Acordei com som de bicho pisando no mato. Fiquei à espreita, agarrado no galho, e embaixo de mim passou o Boininha rezando, com um embrulho nas mãos. Andou até um descampado mais para frente e parou. Gritou:

— A boia!

Detrás de uma árvore do outro lado do descampado saiu um homem peludo. Depois saíram mais um e mais um e mais um, todos tão peludos que eu nem percebi que tinham pele por baixo, que não usavam roupa nenhuma. Não disseram uma palavra, só

chegaram perto do Boininha, farejando. Ele deixou o embrulho no chão e voltou até debaixo do meu galho. Levantou a cabeça e me olhou bem nos olhos, com um sorriso. Disse:
— Venha.
Desci devagarinho, com a ajuda dele. Os outros vieram em nossa direção, de mansinho, farejando. Pareciam os cachorros que sempre seguiam Geraldo, o dono do açougue, pela cidade, sempre o cheirando. Esses homens tinham pelos grossos, pretos, encaracolados, que cobriam o corpo todo: braços, pernas, peito, barriga, pescoço, nuca. Um deles tinha a cara toda coberta, até mesmo ao redor dos olhos. Trazia o braço dobrado, e nele, o embrulho. Boininha o pegou das mãos dele com cuidado, o apoiou no chão e abriu: era um bebê, ainda coberto de sangue espesso. Morto.

Todos se ajoelharam e começaram a rezar. Eu me juntei. Pai Nosso que estais no céu..., Ave Maria cheia de graça..., Meu Santo Anjo protetor... As dez rezas e, por fim, um pedido de perdão. Depois ficaram em silêncio, vendo a lua minguante sair de trás de uma nuvem. Ninguém disse nada, nem eu, nem o Boininha, e os homens começaram a uivar. Um uivo de peito aberto, bonito de ouvir. Olhei para o bebê deitado na terra, os olhos fechados, o rosto amassado. Não lembrava Mamãe nem Papai. Os homens uivaram de novo, e eu me juntei ao coro. Uivei pela primeira vez. Tímido, mas com vontade. Boininha olhou para mim, um sorriso cheio de dentes. Uivei de novo, com força dessa vez, sentindo a garganta tremer. Ele lambeu minha cara, passou o braço ao redor do meu ombro e soltou o seu próprio uivo. Depois metemos a cara no embrulho e começamos a morder aquela carne macia, com gosto de ferro.

Hoje é noite de lua cheia, e está me dando uma quentura aqui no peito, uma coisa que vem crescendo faz tempo. Logo, logo não vai caber mais. Não sinto nem o frio da água do rio. Cruzamos para a outra margem em fila: o Boininha na frente, eu por último. Todos nós sem roupas.

Na margem, o Boininha olha para a lua e solta o primeiro uivo. Ouço as portas batendo ao longe, as trancas girando. Meu peito parece que vai estourar, e eu solto o meu uivo, com toda a força que consigo, a quentura subindo pela garganta. Parece que o som é um jato de fogo, e meu sangue ferve. Os peludos entram no grito, começam a se arranhar, morder um ao outro e rosnar. Ofego, puxo o ar e uivo de novo. Meu corpo já não se aguenta no mesmo lugar. Quero pular, quero correr, gritar, derrubar a porta de casa e meter as unhas na carne de Papai. O Boininha olha para mim, um sorriso cheio de dentes. Aponta para a cidade.

—Vai.

NO GRAND HOTEL ARTÉMIS

Veja o salão do Grand Hotel Artémis em toda a sua glória. Veja os pilares coríntios sustentando os arcos dourados com nus gregos em alto relevo. Veja as imensas cortinas de veludo vermelho e seus arabescos da Pérsia ladeando os vitrais góticos, veja! Veja as mesas parisienses onde todos acabaram de comer, veja os buquês vermelhos, roxos e dourados sobre as toalhas bordô! Veja as oito estátuas das Musas dispostas simetricamente ao longo das paredes. Veja o pequeno Olivier descobrindo, maravilhado, o efeito dos peitos desnudos sobre seu corpo. Veja como seu queixo começa a despencar com a visão dos mamilos de mármore. Veja sua mãe, Madame Hubert, sorrindo igual uma adolescente quando o jovem e arruinado Vicomte d'Orlais a chama para dançar. Veja como seu marido, Monsieur Hubert, está ocupado fazendo biquinho enquanto bajula Madame Denichet. Veja o casaco de pele de zibelina sobre os ombros de Madame Denichet, veja seu turbante roxo com pena de pavão e adorno de ágata. Veja a taça de champagne na mão de Madame Denichet, veja como ela a segura e confia no garçom ao seu lado. Veja como Philippe a serve com confiança, sabendo que a espuma não irá vazar. Veja o impecável uniforme branco de Philippe, veja! Veja o impecável uniforme branco de Antoine, carregando uma bandeja de taças vazias enquanto desliza despercebido pelo salão. Veja o impecável uniforme branco de Christophe, escondido ao lado de uma das estátuas para observar a banda, veja a banda tocando no salão do Grand Hotel Artémis! Veja seus ternos vermelhos, calças pretas e sapatos lustrosos, veja a destreza dos metais, veja como os trompetistas pulam do si bemol para o fá ao mesmo tempo, veja como seus dedos estão todos na mesma posição, a meio caminho entre uma nota e a outra. Veja a estátua de Euterpe, a nona Musa, atrás do palco, abençoando sua performance, veja! Veja o sorriso dos percussionistas, veja a felicidade deles ao notar como a pista de dança está cheia. Veja os hóspedes do Grand Hotel Artémis dançando desengonçadamente esse ritmo caribenho, veja! Veja como Mademoiselle Troffeunt joga a perna esquerda para a frente e chacoalha os ombros. Veja sua echarpe turquesa balançando entre os movimentos. Veja a delicadeza com que Monsieur Guillaume inclina o quadril para a direita, se preparando para guiar Mademoiselle Pensevignt em mais uma volta desnecessária. Veja Herr Müller de pé ao lado dos hóspedes mais animados, apoiado em sua bengala, dançando apenas com a mão esquerda. Veja Frau Müller levando a taça de champagne aos lábios, acompanhando a movimentação da filha. Veja Fraulein Müller se encaminhando para o banheiro, já buscando algo em sua bolsinha, veja! Veja o corredor para os banheiros, veja como o assistente de toilette Jacques sai apressado. Veja seu impecável uniforme branco, veja como coloca o maço de notas no bolso estufado de outras notas. Veja o suor na testa de Jacques, veja! Veja a porta escancarada do banheiro masculino. Veja como Madame Joujent a segura com o ombro após uma entrada abrupta. Veja sua expressão de dor, veja as lágrimas nos seus olhos, a pistola na mão direita. Veja Monsieur Joujent apoiado na pia, o nó da gravata desfeito, a braguilha da calça aberta. Veja o susto estampado no seu rosto, os olhos arregalados encarando Madame Joujent. Veja seus lábios se abrindo para um grito. Veja o amarfanhado uniforme branco de Michel, veja! Veja sua camisa, está fora das calças. A gravata torta, veja! Veja como Michel se põe por cima de Monsieur Joujent, veja como beija seu pescoço com a boca inteira, os lábios avermelhados e umedecidos brincando sobre a pele arrepiada. Veja sua mão acariciando o volume nas calças de Monsieur Joujent, veja! Veja sua outra mão apoiada na pia, veja o que há perto dela, veja a taça de champagne. Está vendo? A taça ainda cheia? Veja as bolhas na champagne, veja. Está vendo as bolhas? Pois então, observe. Veja essas duas bolhas que acabaram de se desprender do vidro. Veja como sobem, estão subindo. Veja como apostam corrida, como sobem velozes pela taça tentando se ultrapassar, veja! Veja como atingem a linha de chegada ao mesmo tempo. Veja como estouram na superfície da champagne. Veja! Primeiro uma: bang! Depois outra: bang!

TÚNEL PARA A CHINA

A mãe pergunta o que as filhas vão fazer com aquelas pás de jardinagem.
— Cavar um túnel!
— Um túnel para a China!
— E vão fazer o que lá na China?
— Brincar com os chineses!
— Mas vocês sabem chinês?
— A gente aprende, ué.
— É, a gente aprende.

A mãe ri e deixa as duas brincando. As meninas cavam, cavam, cavam. A manhã toda nisso, até que uma das pás — tum! — bate em algo duro.

Volta manchada de vermelho.
As duas cavam um pouco mais, e o chão se abre, despencando sob seus pés. Elas dão de cara com um túnel já aberto, vindo do outro lado. Um túnel sustentado por vigas de madeira, com iluminação elétrica. Pás, picaretas e carrinhos de mão apoiados nas paredes. No chão, um longo rastro vermelho em direção à luz. As meninas seguem o rastro até o fim, até a luz. Põem as cabeças para o lado de fora e veem dois meninos chineses: um deitado, o outro ajoelhado. O menino deitado está de olhos fechados, a cabeça empapada de sangue. O menino ajoelhado urra abraçado ao outro. Seu rosto inundado de lágrimas. Estão sujos de terra, e adultos chineses vão se aproximando deles, preocupados. Ao ver as duas meninas ali, saindo do túnel, o menino ajoelhado grita algo para elas. Elas não respondem. Ele repete, grita mais alto, insiste, e logo os chineses estão todos gritando a mesma coisa e apontando para elas. Mas as meninas continuam quietas. As meninas não entendem. As meninas não sabem falar chinês.

O PIANO

Era um dia quente no meio das férias. Papai ainda não tinha voltado depois da grande briga, seis meses antes. Mamãe tocava no piano de armário uma das cinco músicas que aprendera nesse tempo. Eu estava afundada na poltrona, balançando os pés, imersa em um dos livros de aventura que li tantas vezes. Talvez fosse *Vinte mil léguas submarinas*. Talvez, *A ilha do tesouro*. Ou *Viagem ao centro da terra*. Da cozinha vinha o chiado da panela de pressão.

— Saco, esse sol está desafinado.

Levantei a cabeça do livro, e minha mãe estava martelando a mesma nota: um blém, blém, blém que ela chamava de sol.

— Olha isso, Júlia. Está ouvindo?

Ela sempre falava comigo quando, na verdade, queria falar consigo mesma. Era a mesma coisa quando bebia vinho no jantar e me perguntava se eu tinha noção do que Papai tinha feito. Blém, blém, blém. Mamãe bateu mais algumas vezes na tecla até se sentir satisfeita, depois voltou a tocar uma música alegre, cheia do que chamava de "risadinhas de Mozart". Seus dedos, rápidos e precisos, erravam as mesmas notas, toda vez. Pontuava sempre seus deslizes com um "merda!" ou "saco!" sussurrados. Ela xingava e continuava tocando até errar a próxima escala e falar algum outro palavrão. Dizia que errar fazia parte do processo, que ainda estava aprendendo e que logo poderíamos fazer um dueto de piano e clarineta, apesar de eu deixar bem claro que só gostava de tocar sozinha, sem ninguém me vendo errar as notas.

Voltei para o meu livro. Chuto dizer que era *A casa à vapor*, do Julio Verne, e mamãe começou a tocar a quinta e última música do seu pequeno repertório. Estava acertando todos os acordes desta vez, mas parou quando tocou aquela nota desafinada de novo, repetindo o blém, blém, blém.

— Que saco!

Se levantou, começou a tirar as quinquilharias que enfeitavam o tampo do piano — a orquídea sem botões, o abajur novo, o antigo relógio de corda quebrado, as estatuetas de santinhos e a colcha de lã branca que ela mesma tricotou — e então começou a abrir o instrumento. Arranquei a cara do livro e corri para o seu lado.

Primeiro mamãe levantou o tampo, liberando um cheiro forte de madeira velha e poeira que encheu minhas narinas e me fez espirrar. Depois tirou a grande peça de madeira escura, revelando um mundo de cordas metálicas se cruzando sem nunca se tocar, chavinhas e alavancas para todos os lados. A coisa toda me fascinava, exatamente por estar além da minha compreensão. Como se ela estivesse abrindo o peito de um rinoceronte mecânico. Por fim, mamãe levantou a peça entre o teclado e as cordas, e pude ver as pessoinhas. Eu não fazia ideia que era assim. Oitenta e oito homenzinhos e mulherzinhas com roupas bonitas, de gala, enfileirados ao longo do teclado, de frente para as cordas. Cada um levava, apoiado no ombro, um grande martelinho de madeira, quase o dobro do seu tamanho.

— Deixa eu te mostrar — ela disse, passando a mão com cheiro de alho pelos meus cabelos. — É assim que o piano funciona.

— E começou a tocar a mesma música alegre, cheia de escalas. A cada tecla que apertava, uma das pessoinhas batia com o martelo nas cordas à sua frente. Era hipnotizante ver a sincronia entre os dedos de minha mãe e os martelinhos de madeira subindo e descendo, para cima e para baixo, para cá e para lá, produzindo música. Exceto aquele sol.

Responsável pela nota, um senhorzinho magro, barbudo, estava curvado sob o peso do martelo. Podíamos ver dali o esforço que fazia para respirar. Seu fraque estava puído, e os joelhos da calça, rasgados. Minha mãe tocou de novo aquela nota, e o senhorzinho deixou o martelinho despencar desajeitado, sem precisão, uma, duas, três vezes.

— Achei o problema — ela disse, insistindo na nota desafinada. O senhorzinho bufava, se esforçando para manter o ritmo. Levava cada vez mais tempo para levantar o martelinho e o deixava cair cada vez mais desajeitado. Mamãe continuava, impiedosa: blém, blém, blém, até ele não aguentar mais levantar o martelo e cair, cedendo ao peso. Ela apertava a tecla do sol, mas o senhorzinho já não fazia nada. Estava de quatro, arfando, tentando respirar. O martelo jogado à sua frente. Ela tocou mais uma vez o sol, e ele despencou de cara em cima das cordas.

— Pronto, era só o que me faltava — minha mãe disse, se levantando.

Percebendo que não havia mais ninguém sentado no banco, os dois homenzinhos ao lado do senhor deixaram seus martelos de lado e tentaram acordá-lo. Eram muito mais jovens que ele, suas roupas, bem cuidadas. Um deles apoiou a cabeça do senhorzinho no colo, acariciando os cabelos brancos, ralos e empapados de suor. O outro media o pulso, contando o tempo nos dedos da mão esquerda. A moça responsável pelo mi também largou o martelinho e se aproximou, perguntando se estava tudo bem.

— Alô — ouvi minha mãe no telefone do quarto. — Isso, queria falar com o técnico. Preciso de uma substituição.

O senhorzinho seguia de olhos fechados, o corpo mole, parecendo de pano, a cabeça apoiada no colo do homenzinho. Enfim, o que media seu pulso parou de contar e balançou a cabeça. A moça se assustou e fez o sinal da cruz, depois tirou os sapatos de salto e disparou ao longo da fila de pessoas que ainda seguravam seus martelinhos. Foi até um dos extremos do teclado, onde uma moça jovem, de cabelos ruivos, encarava as cordas com um olhar do mais puro tédio.

— Isso, foi um sol dessa vez — minha mãe dizia ao telefone. Fez uma pausa e completou: — Segunda oitava.

A moça ruiva se assustou com a pressa da moça sem sapatos. Venha, venha, ela parecia dizer à ruiva, não temos tempo. As duas voltaram em disparada até onde o senhorzinho estava. Outras pessoas já tinham largado seus martelos e estavam em pé ao redor dele, rezando, balançando a cabeça para os lados, é uma pena, é uma pena. Ao vê-lo caído, amparado pelo outro homenzinho, a moça ruiva se jogou ao seu lado, já desabando em lágrimas.

— Cacete, tudo isso? É só uma, não o teclado todo.

A moça ruiva tomou a cabeça do senhorzinho no seu colo e tentou acordá-lo. Chamou-o pelo nome, balançou o corpo inerte enquanto chorava. Gradualmente, todas as pessoas do teclado estavam reunidas ao redor da cena, oferecendo condolências para a moça. Ela segurava o corpo do senhorzinho, soluçando um lamento de dor. Outros se juntaram ao lamento, chorando, se abraçando.

— Tá. Aham. Entendo.

Pouco a pouco o pranto da mulher ruiva foi se apagando como um pavio velho, até ela ficar quieta. Ninguém disse mais nada por algum tempo. Quando ela voltou a abrir a boca, sua voz ressurgiu, transformada em uma nota, uma única nota que segurou o máximo que pôde, até parar. Outra mulher, de cabelos pretos trançados, cantou a mesma nota logo em seguida e a segurou no ar até a mulher ruiva recuperar o fôlego e conseguir cantá-la de novo. Mas ela não cantou sozinha dessa vez. Outras pessoas foram se juntando, encontrando o tom e sustentando a nota. As mulheres em um tom mais alto, os homens em um tom mais baixo, até estarem todos entoando em uníssono: ooom. Em pouco tempo, os homens transformaram a nota em um pulso, uma repetição sobre a qual a voz das mulheres entoou uma escala menor, que subia e descia, sutil, vagarosa, grave. A moça ruiva deixou o corpo do senhorzinho deitado no chão, se levantou, pegou fôlego e começou a solfejar uma melodia aguda e suave como as taças de cristal cheias de vinho branco que mamãe gostava de tomar. Outras mulheres acompanharam a melodia. Mudavam as notas que estavam sustentando de vez em quando, abraçando com suas vozes a dor da moça ruiva.

Todas as pessoas do teclado estavam em círculo ao redor do corpo, cantando juntos, de costas para mim, formando uma pequena orquestra para ele. A cantoria foi crescendo e tomando cada vez mais forma, até se tornar uma espécie de sinfonia lenta, fúnebre, diferente de tudo o que minha mãe sabia tocar.

— Isso, pode ser. Até lá.

O técnico chegou depois de almoçarmos e lavarmos a louça. O piano continuava aberto, mas as pessoinhas já tinham carregado o corpo até o canto do teclado, perto da nota que a moça ruiva tocava. O senhorzinho estava deitado sobre a madeira, braços cruzados sobre o peito. Uma moeda sobre cada olho. Só a moça ruiva continuava ao seu lado, sem chorar, olhando para longe, para o relógio de corda, ou algo além dele. Escoltado por Mamãe, o técnico entrou na sala segurando o chapéu junto ao peito, sentou no banco, viu a situação, pediu licença e empurrou a moça gentilmente para o lado com as costas dos dedos.

— Um Bauerwald! Não é sempre que tenho a honra de trabalhar com um desses. Os martelos são originais?

— Olha, não sei. Era da minha mãe, ela que era a pianista da família. Eu comecei a aprender agora, só.

A troca foi rápida. Ele pegou o morto com cuidado e o colocou em um pequeno caixão de madeira. Da maleta, tirou um menino de cabelo raspado e deixou que saltasse da sua mão para a nota vazia. O fraque novo em folha, muito largo para seu corpo, o fazia parecer mais velho, mas devia ter a minha idade. O menino cumprimentou os dois homens que estavam ao seu lado com muito respeito, pegou o martelo que era quase três vezes maior que o seu corpo e apoiou-o sobre o ombro sem dificuldade.

— Olha só, Júlia — minha mãe disse apontando para a maleta do técnico, para o menino, para o piano. — Não é sempre que a gente vê isso acontecendo.

Na hora que o técnico começou a tocar as músicas de mamãe, o menino não errou uma nota sequer. Martelou as cordas até mesmo quando o homem ficou batendo apenas naquele sol, testando sua agilidade. Não parecia se esforçar ou se cansar. Satisfeito, o técnico voltou a tocar outras músicas, de cabeça, sem partitura nem nada. Sem errar nenhuma nota. Mamãe ficou maravilhada, aplaudia a cada pausa e pedia mais, mais.

Seguido da troca e dos testes, o técnico aceitou um copo de água e, depois, uma taça de vinho. Mamãe sentou bem perto dele no sofá e pediu que eu fosse ler no quarto. O técnico sorria para ela; e ela sorria de volta, elogiando as mãos dele. Saí de lá e voltei para o meu livro, onde as pessoas eram sérias e não ficavam dando risadinhas e se elogiando por coisas que não devem ser elogiadas, como o tamanho das mãos. Mas a casa era tão pequena que mesmo com a porta fechada, eu ainda os ouvia. Demorei para entrar no livro novamente, mas com esforço consegui ler algumas páginas. *A casa à vapor* seguia cruzando florestas, cidades indianas e rios imensos quando, após muita insistência de minha mãe, o técnico voltou a tocar. Uma, duas, três músicas muito bonitas, tão bem tocadas que me arrancaram do livro, como se naqueles poucos minutos só a melodia existisse, dando piruetas no ar, subindo e descendo, tremendo e planando feito uma fita de luz que partia direto do piano e vinha até os meus ouvidos. Mamãe aplaudia e gritava: bravo, bravo! E dava risadinhas.

— Ai, pera... Julia! Vem cá!

Voltei para a sala segurando o livro, o dedo marcando a página onde a ação permanecia estagnada, esperando meu retorno.

— Qual o nome daquela música do seu desenho? A do ratinho... que o gato toca no piano?

Cantarolei a melodia, pois não sabia o seu nome. Era, e sempre será, a música do Tom e Jerry no episódio do piano.

— Isso! — Ela disse e logo se virou para o técnico, fazendo carinho no ombro dele. — Eu não sei como essas crianças memorizam essas coisas. Você sabe tocar essa? Para mim?

Ele assentiu, muito feliz. Feliz demais. Ajeitou-se no banco, dobrou e esticou os dedos, inspirou fundo e se jogou de corpo inteiro na música sem aviso, tocando de forma suave num momento e violenta logo em seguida, de um jeito que eu nunca tinha ouvido, muito diferente do desenho. Seus dedos ora pareciam pernas de uma aranha correndo pelo teclado, ora penas de um pássaro em pleno voo. Mamãe estava hipnotizada, passando um dedo na borda da taça que não bebia. Ele tocou e tocou e tocou, eram várias músicas em uma só, até chegar num momento de calma, quando só a mão direita tocava as notas mais agudas. Os dedos encostavam nas teclas cada vez mais lentos, massageando, acariciando. Ele deu um sorriso de satisfação que fez mamãe suspirar, mas logo fechou a cara, concentrado. Apertou uma tecla e nenhum som respondeu. Tocou de novo e de novo, sem resposta.

— Olha aqui, dona — o técnico parou de tocar abruptamente, e percebi que eu estava mais perto do piano do que imaginava. — Tem uma nota faltando.

Mamãe se debruçou sobre os ombros dele. O técnico apertou a tecla em que a moça ruiva deveria estar, mas a posição estava vazia: o martelinho jogado sobre as cordas, sem ninguém para segurá-lo.

NÃO SE ANIME MUITO

A coisa toda lembra um aeroporto. Uma mistura de alfândega com cartório, nada muito angelical. Você passa por uma porta giratória e sai numa sala grande, quente, abarrotada de gente, sem janelas nem lugares para sentar. Não dá tempo de entender o que está acontecendo, um segurança mal-encarado vai aparecer te mandando entrar logo no fim da fila, e você se mete atrás da última pessoa que vê antes que ele te coloque lá. Repare que ele tem asinhas. A fila é imensa e se move devagar, serpenteando por um labirinto de fitas pretas que lembram cintos de segurança e desembocam lá longe, em uma muralha de quarenta guichês envidraçados. Toda hora alguém novo chega, e o segurança pede diversas vezes, em várias línguas, para que todos se apertem um pouco mais.

A sala é muito quente, e você não traz nada além das roupas nas quais morreu, portanto não há nada para te distrair a não ser o ruído enferrujado de um ventilador antigo que gira, fraco, daqui para lá, sem produzir vento algum. Quem morreu afogado nadando na praia, ou esmagado numa orgia leva vantagem no conforto. É inútil puxar conversa com as pessoas que estão próximas, a chance de falarem sua língua é mínima.

Ao se aproximar dos guichês, você vai notar que algumas pessoas têm papéis nas mãos. Alguns amarelos, outros azuis e outros rosas, mas a grande maioria está de mãos abanando, como eu estava, como você vai estar. Se tentar chamar a atenção de alguém, mesmo sendo a pessoa do seu lado, para perguntar se é preciso preenchê-los ou não, o segurança grita com você, falando para se manter no lugar e respeitar quem chegou primeiro. Envergonhado, você desiste e resolve descobrir quando chegar lá.

Parece que quanto mais próximo está, mais lentos ficam os atendimentos. Na última curva você consegue ver que há poucos guichês funcionando. Talvez você dê sorte, comigo só três estavam recebendo pessoas. Acho que peguei o turno da madrugada. Finalmente, depois de horas de espera, você é chamado ao último guichê da direita:

— Próximo!

Lá, um atendente meio apático e com asinhas um pouco maiores, mas ainda bem pequenas, te pergunta coisas básicas: nome, idade, causa da morte. No meu caso, não sei se você percebeu, ou se já tinha morrido, foi esmagamento do crânio pela roda do caminhão. Qual será que foi o seu? Fiquei curioso. Pescoço quebrado no impacto? Incinerado, preso às ferragens? Falha múltipla dos órgãos a caminho do hospital? Ou desligaram as máquinas depois de trinta anos em coma?

Mas eu estou viajando (não há muito mais o que fazer por aqui). Por fim, o atendente vai perguntar:

— Céu, inferno ou purgatório?

Você talvez se surpreenda, assim como eu me surpreendi, assim como a maioria das pessoas estava se surpreendendo, com a possibilidade de escolha. Sei lá, a gente aprende a vida toda que essa resposta não vai ser dada por nós, e de repente chega aqui e pode escolher. Não é uma chance que você vai querer desperdiçar, não é? Faça que nem eu, que nem todos estavam fazendo:

— Céu.

O atendente vai prontamente te informar que deve preencher o formulário 32-B amarelo, disponível nos balcões próximos da entrada e voltar à fila. Não adianta argumentar, dizer que não foi informado na entrada, porque o atendente vai logo te interromper com um grito:

— Próximo!

— Mas...

— Próximo!

Se demorar, ele chama o segurança para te levar de volta. Então é melhor evitar o constrangimento e obedecer. Para não ter erro, nem ter que esperar um dia inteiro para ser atendido novamente, já pegue o formulário 32-B assim que passar pela porta giratória. Dessa forma, quando chegar no guichê pela primeira vez e o atendente te perguntar:

— Céu, inferno ou purgatório?

Você pode responder com confiança:

— Céu — e entregar o formulário. Ele vai ler os campos preenchidos, olhar vez e outra para o seu rosto, para as suas roupas; e, se tudo conferir, vai digitar algo no computador e te mandar para o final do corredor, terceira porta à esquerda.

Esse corredor tem paredes beges daquele material usado para separar cubículos em escritórios, sabe? Esqueci o nome.

Enfim, ao chegar à porta você vai se deparar com uma nova sala de espera. As vinte cadeiras estarão ocupadas pelos idosos, e a maioria das pessoas vai se apoiando pelas paredes, sentando no chão mesmo, especialmente debaixo do ar-condicionado extremamente potente que liga e desliga a cada meia hora com um som que parece estar sugando todo o pouco ânimo da sala para funcionar. Aqui, leva vantagem quem morreu soterrado por uma avalanche enquanto esquiava, ou atacado por um urso polar faminto. No fim da sala há uma porta de vidro fosco e um painel luminoso logo acima, congelado num número de três dígitos. Ao lado há uma mesa com outro atendente apático e asinhas nanicas, que imprime uma senha numérica e, sem te olhar nos olhos, pede que aguarde. Aqui ninguém se fala também, mas pelo menos há a possibilidade de se distrair enrolando e desenrolando o papelzinho da senha. Pode esperar tranquilo, sem pressa. Como a chamada é por ordem de chegada, a campainha eletrônica vai demorar pelo menos uma semana para chamar seu número. Isso é, se não rolar nenhum tsunami, guerra, epidemia, atentado terrorista logo antes da sua chegada. Nesse ponto, acho que tive mais sorte que você. Acho.

Quando finalmente chamarem seu número, você poderá passar pela porta e, surpresa!, vai dar em outra sala de espera, menor, com menos cadeiras e igualmente abarrotada. Desta vez a chamada é feita por nome: uma caixa de som pendurada na parede solicita que o sortudo da vez atravesse a porta de metal no fim da sala. Fique atento, pois a mensagem não se repete. Há uma suave música de fundo no intervalo entre chamadas, lembra bossa nova, mas com letras de death metal islandês, tocando em loop. Talvez você goste. Ninguém se fala, a não ser para cantarolar um trecho que já decorou da letra, mas ainda não entende o que diz. Se prepare para ficar com a garganta seca: o único bebedouro estará vazio, apesar de haver copos plásticos de sobra.

Alguns rostos já podem se tornar reconhecíveis, e você talvez até tenha a sorte de estar na mesma sala com alguém que fale nossa língua. Eu dei o azar de conhecer uma família inteira de brasileiros, acidente de carro também, em outra estrada. Conversamos por alguns minutos, até eu descobrir em quem eles votaram na última eleição. O erro foi meu de perguntar, eu sei, mas é que os assuntos vão acabando rápido nessas situações. Acabei passando um mês em completo silêncio escutando Mohameds, Chloes, Lisandras, N'kotas, Achxuraxans, Baijayantis, Changs, Quons e Youssefs serem chamados e desaparecerem pela porta, e nada de me chamarem ou da família ir embora.

A notícia boa é que um dia seu nome será chamado. Talvez você nem lembre mais que está esperando, como aconteceu comigo, e leve algum tempo para perceber que é com você. Preciso dizer o que te aguarda do outro lado da porta?

Essa nova sala de espera é ainda menor, mas desta vez não haverá ninguém, apenas um sofá de três lugares vazio, um vaso com plantas altas e uma outra porta, de madeira, à sua frente. Há uma placa na parede dizendo que em breve ela abrirá, e te chamarão. Não adianta bater, eles virão até você. Há um quadro à direita da porta retratando uma bacia de frutas. À esquerda, um pôster de um coala mascando uma folha de eucalipto. Ambos com molduras douradas. A temperatura é agradável, há um bebedouro de água gelada, uma máquina de café, algumas bolachinhas numa bandeja de prata. Mas não se anime muito, antes de poder beber, comer, ou até se sentar, a porta vai se abrir e uma mulher de terno cinza, cabelos presos num coque alto e asas brancas imensas, cobertas de penas, pede que entre em seu escritório e sente-se, por favor. É rude reparar na aura de luz que ela emite. E não se esqueça de dar bom dia quando entrar!

O escritório é típico da gerência: uma cadeira alta para ela, duas meia-boca, de plástico, para você, uma mesa cheia de papéis, fotos e estatuetas, estantes de arquivos e pastas nas paredes, uma planta ornamental no canto. Ela vai te mandar sentar, depois vai abrir uma gaveta, pegar a ficha com seu nome e ler rapidamente alguns trechos balançando a cabeça. Repare na porta de ouro atrás da cadeira dela, é para lá que você irá, caso tudo dê certo. Antes de chegar no final da ficha, ela olhará para você e fará a mesma pergunta do início:

— Céu, inferno ou purgatório?

A voz dela é retumbante, e o Céu, desenhado nos lábios angelicais à sua frente, se torna não uma palavra, não uma ideia; e, sim, um lugar, uma realidade. E você está quase lá. Falta pouco.

— Céu, por favor — eu respondi, você provavelmente vai responder.

— O Céu é para as pessoas boas. Você foi uma pessoa boa?

Honestamente, você deve acreditar que foi uma pessoa boa, todos nós acreditamos, apesar de sabermos dos nossos pecadinhos cometidos aqui e ali. Nada que te faça merecer o inferno, mas eles provavelmente estão ali na ficha, e ela só leu por cima. Talvez ela tenha relevado esses pequenos delitos, ou talvez esteja medindo sua honestidade. Não caia nessa armadilha, esse não é o momento de arrependimentos, de admitir que esteve mentindo durante todo esse processo e arriscar a espera de uma vida inteira. Não, você foi uma boa pessoa. Eu sei que você foi uma boa pessoa. Passou longe dos pecados capitais. No geral, pelo menos.

— Fui uma pessoa boa — você responderá com convicção, mas sem muita certeza.

A mulher vai te olhar intensamente por algumas décadas. Segure a barra, não deixe transparecer nada, nem uma titubeada. Olhe-a nos olhos, sorria um pouco, não muito, aguente até ela declarar:

— Muito bem, assine aqui, aqui e aqui — e entregará sua ficha.

Quando você terminar, ela vai apertar sua mão e dirá, sorrindo:

— Bem-vindo ao Céu, pode passar por aquela porta. Boa viagem.

Pronto, é isso. Você se levanta, as pernas tremendo um pouco pela surpresa de ter chegado ao fim do processo. É normal. Você foi aceito no Céu, vai passar a eternidade no Paraíso. Pode se emocionar! Eu até chorei um pouco, agradeci umas dez vezes.

Daqui para frente, é com você. Gire a maçaneta de rubi. A porta range um pouco, mas quem liga? Seu coração está a mil, sua cabeça roda um pouco, a tensão é grande. Finalmente! Você atravessa a porta e, com um estrondo, ela deixa de existir. Ao redor existe apenas o Nada. O imponente e inimaginável Nada. Pouco a pouco, você se dissolve nesse Nada, sentindo o vazio tomar conta das suas esperanças de nuvens e anjos, dos seus medos do fogo do inferno, e antes que possa entender o que está acontecendo, deixa de existir por completo, no eterno não ser que é a morte. A última coisa que você escuta são os anjos rindo da sua cara.

Assim como um de meus personagens, eu também me considero um solitário. Mas escrever é uma atividade que, de solitária, não tem nada. Para chegar até aqui, dessa forma, este livro passou por várias mãos, encontrou diversos olhares e recebeu inúmeras correções, se metamorfoseando a cada nova interação. Por isso, preciso agradecer aos que fizeram parte do processo.

Germana Zanettini, editora, e Fernanda Rodrigues, revisora, trouxeram à minha prosa temperos raros de poesia, e por isso sou imensamente grato. Agradeço a todos os professores de oficinas literárias que já participei, em especial Nelson de Oliveira, Antônio Xerxenesky e Joca Reiners Terron, que me mostraram os caminhos da literatura estranha, onde encontrei minha morada. Agradeço, também, aos colegas de CLIPE, por seus comentários valiosos e por mostrarem que *Cães Noturnos* daria um ótimo título para um livro. E agradeço aos colegas de Vera Cruz, que me apoiaram desde os meus primeiros passos em busca de uma voz. Por último, agradeço aos que ajudaram, por vezes sem saber que ajudavam. Agradeço aos meus pais por apoiarem a loucura que foi decidir viver de livros. Agradeço à Lauren Couto Fernandes, que fez renascer em mim o gosto pela literatura, tantos anos atrás. Agradeço ao Pedro Tavares, amigo desde a primeira infância, parceiro de escrita e de tantas outras empreitadas. E agradeço à Caroline da Silva Pereira, minha companheira de vida, por partilhar comigo todos os momentos, bons e ruins, me arrancando uma risada até quando tudo parecia perdido. Obrigado.

© 2023, Ivan Nery Cardoso

Todos os direitos desta edição reservados à
Laranja Original Editora e Produtora Eireli.

www.laranjaoriginal.com.br

Edição **Germana Zanettini**
Revisão **Fernanda Rodrigues**
Projeto gráfico **Arquivo [Hannah Uesugi e Pedro Botton]**
Foto de capa **Noah Silliman / Unsplash**
Foto do autor **Helyana Manso**
Produção executiva **Bruna Lima**

Dados Internacionais de Catalogação na Publicação (CIP)
(Câmara Brasileira do Livro, SP, Brasil)

Cardoso, Ivan Nery [1991-]
  Cães noturnos / Ivan Nery Cardoso;
prefácio Nelson de Oliveira — 1. ed. —
São Paulo, SP: Editora Laranja Original,
2023. — (Coleção Prosa de Cor; v. 13)

ISBN 978-65-86042-66-5

1. Ficção brasileira
I. Oliveira, Nelson de. II. Título. III. Série.

23-146409   CDD-B869.3

Índices para catálogo sistemático:
  1. Ficção: Literatura brasileira B869.3

Aline Graziele Benitez — Bibliotecária — CRB 1/3129

COLEÇÃO **PROSA DE COR**

Flores de beira de estrada
Marcelo Soriano

A passagem invisível
Chico Lopes

Sete relatos enredados na cidade do Recife
José Alfredo Santos Abrão

Aboio — Oito contos e uma novela
João Meirelles Filho

À flor da pele
Krishnamurti Góes dos Anjos

Liame
Cláudio Furtado

A ponte no nevoeiro
Chico Lopes

Terra dividida
Eltânia André

Café-teatro
Ian Uviedo

Insensatez
Cláudio Furtado

Diário dos mundos
Letícia Soares & Eltânia André

O acorde insensível de Deus
Edmar Monteiro Filho

Cães noturnos
Ivan Nery Cardoso

Fonte **Tiempos**
Papel **Pólen Bold 90 g/m²**
Impressão **PSi7 / Book7**
Tiragem **200**